CARROUSEL

Livre - IV

ATOME

Michel LAMPLE

❧ Janvier 2023 ☙

Rév: V1.8.5 Janvier 2023

ISBN: 978-2-9585610-5-5

Dépôt légal : Février 2023

À Yanne

Chapitre I

Le bonhomme de neige

Depuis son enfance, Hans Jacob avait toujours guetté dans le ciel, les signes des premières neiges d'automne. Attendu des enfants et prédit par les vieux, le premier flocon était comme un cadeau du ciel. Hans se souvenait de sa petite école de campagne et des premiers jours de novembre quand tous les élèves se détournaient du tableau noir, le regard rivé vers le ciel, pour être le premier à prononcer le mot magique de la saison :

« Il neige ! »

Alors, comme un seul homme, tous se levaient et s'agglutinaient aux vitres embuées de la classe. Et là, avec force commentaires sur les premiers flocons, chacun y allait de son avis d'expert à propos de leur taille, de leur forme et de leur danse dans le ciel gris.

Derrière eux, le professeur jetait sa craie —depuis quelques jours déjà, il redoutait l'instant— son cours était fini !

Ces premiers flocons, ça signifiait non seulement les premières parties de boule de neige, mais aussi les premières descentes sur les pelouses blanches de l'école ; d'abord sur les fesses, puis sur des sacs-poubelles... mieux : sur des cartons, et enfin sur des luges. Et voilà les gamins à la parlotte, ergotant sur le fartage de leurs patins et de leurs recettes secrètes —voire occultes— pour la meilleure glisse. Sauf que, si tous faisaient valoir leur très grande expérience en la matière, aucun n'aurait jamais avoué qu'une fois rentrés chez lui, c'est d'abord au grand-père qu'il confiait cette délicate opération.

Et puis en grandissant, le jeune Hans reçut ses skis. S'ensuivirent alors les tranquilles et très prudentes randonnées avec son grand-père, et puis les impétueuses et très imprudentes descentes avec les copains.

De concours d'adolescents en défis devant les jolies filles, les pentes sélectionnées pour la bravade de ces jeunes hommes furent de plus en plus hautes, de plus en plus raides... au point qu'Hans avait le souvenir de départs vertigineux, comme s'il s'était lancé dans le vide depuis la fenêtre du deuxième étage. Par chance, si les jeunes esprits ont toujours été très malléables... leurs corps l'étaient tout autant !

Ainsi donc, quand les premières tempêtes de novembre arrivaient, il était le premier sur les pistes, et certainement pas le dernier à débouler en bas. Hans était donc un très bon skieur...

C'était l'un de ses rares plaisirs.

Dans notre histoire, l'hiver était en route pour achever sa marche blanche, talonné par un printemps qui s'annonçait déjà par l'explosion de ses bourgeons et le pourpre de ses crocus.

Mais par chance, une dernière offensive polaire était venue recouvrir les alpes d'un épais manteau de neige, et en particulier, les pentes favorites de Hans.

Alors dommage pour les quelques touristes qui avaient depuis longtemps déserté les hôtels ou leurs chalets ; tant pis aussi pour les sportifs et amateurs locaux dont beaucoup avaient déjà remisé leur équipement dans les greniers. Parce que ce matin-là, c'était bien Hans Jacob, le seul sur la crête qui surplombait la vallée, au départ d'une de ses descentes les plus folles.

Dès potron-minet, il était parti sur le chemin des crêtes, skis et bâtons sur l'épaule, dans le ferme espoir de profiter de cette dernière magnifique journée.

Mais très vite, il fut contraint de faire une trace difficile dans une neige toute fraîche et dont l'épaisseur masquait les sentiers qu'il connaissait pourtant bien. Entêté comme il était, il décida de suivre la pente comme il suivait ses idées, c'est-à-dire, en ligne droite !... son chemin dut-il traverser des monceaux de neige.

À cause de son entêtement, plus d'une fois, il faillit se perdre. Il se demandait constamment s'il ne faisait pas fausse route, s'il ne perdait pas son temps, ou s'il finirait seulement par sortir de la forêt et arriver en haut : sur la crête surplombant son petit village, à partir de laquelle il espérait tant profiter de cette dernière descente.

Mais Hans Jacob connaissait bien sa montagne, tout autant que ses propres capacités ; franchissant le couvert boisé et un dernier rideau de branches, il arriva enfin au sommet : devant lui, soudainement révélé à son regard, s'offrait le grandiose spectacle des Alpes, alignées dans toutes leurs majestés, étincelantes de blanc sous le soleil. Plaisir suprême : il était le seul à profiter de l'instant dans cet air cristallin qu'il respirait à pleins poumons, et il allait être le seul à jouir de cette descente.

Sous ses yeux, était une folle plongée entre les sapins, un slalom qui lui ferait dévaler tout le flanc de la montagne jusqu'à la vallée. Ça serait là, sa dernière descente de l'année.

Une fois chaussés ses skis, il respira profondément… et se lança de toutes ses forces dans le vide.

* * *

La neige fraîche était d'une épaisseur généreuse. Hans dévalait la pente comme si la montagne toute entière lui appartenait, comme s'il était le seul privilégié sur sa piste. Et aurait-il pu en être autrement ? Il n'avait croisé personne sur le sentier remontant à la crête, il n'avait vu aucune trace dans la neige, si ce n'est celle de quelques oiseaux et animaux des bois.

Alors en pleine confiance, il se laissait partir à pleine vitesse. Ses skis lisaient la pente au plus près, filaient dans les talwegs, et quand ils s'enfonçaient sous le poids, ils traçaient dans la poudreuse jusqu'à en faire jaillir de gigantesques gerbes qui explosaient dans le soleil.

Hans s'en donnait à cœur joie, sans précaution aucune, d'autant qu'il était bien convaincu de ne jamais croiser personne sur sa piste qui slalomait entre les sapins aux branches alourdies par la neige. Mais telle ne fut pas sa surprise de découvrir, un rien derrière lui, un autre skieur qui lui emboîtait la voie !

D'où sortait-il celui-là ? D'où était-il parti ?

Hans n'eut pas beaucoup le temps pour se poser d'autres questions, tellement la descente lui demandait de l'attention : une concentration extrême pour lire la piste plus vite qu'elle n'arrivait sur lui...

D'autant que l'autre skieur le talonnait, le rattrapait même !

Était-ce donc quelqu'un du village, un habitué, comme lui, à ce hors-piste qu'il fallait avoir largement pratiqué pour en connaître toutes les astuces avant de s'y lancer à pareille vitesse ?

Et même si ce fut le cas, comment était-il arrivé là-haut sur la crête, étant donné qu'il avait remonté seul —et dans quelles conditions— le sentier y conduisant.

Mais c'était déjà trop de questions...

Dès qu'il le pouvait, il essayait de tourner la tête vers son rival... un rival à ce point entraîné, qu'Hans perdait souvent sa trace ! Mais voilà qu'il retrouvait sa silhouette noire filant avec hardiesse en pleine forêt, entre les arbres, là où lui-même n'aurait jamais osé s'engager...

Quelle audace !

Mais c'était une silhouette fine qui le poursuivait : un skieur avec un casque noir, avec visière et grosses lunettes, ainsi que vêtu d'une combinaison légère aux reflets soyeux et qui lui collait à la peau, révélant un profil... de femme !

Visiblement, c'était une skieuse qui voulait rivaliser avec lui !

Et quelle skieuse ! tellement à l'aise dans la neige, faisant fi des difficultés avec tellement de facilité... et de grâce, que s'en était, insolent !

Hans avait beau prendre des raccourcis seulement connus de lui, slalomer dangereusement entre les arbres au risque de s'y fracasser les deux épaules, voilà sa rivale qui, aussitôt, réapparaissait sur sa droite ou sur sa gauche, passant d'un côté à l'autre avec désinvolture.

Là où il devait absolument ralentir, elle accélérait ; là où il était urgent de changer de direction, avec superbe elle fonçait tout droit sur le danger.

Alors il se lançait dans des chemins toujours plus raides, mais sans jamais arriver à s'en débarrasser... Jusqu'à un précipice qu'il ne put que contourner à la dernière seconde ! Mais déboulant dans les airs au-dessus de sa tête, c'est elle qui s'y lançait dans un extraordinaire vol plané... et qui, quelques secondes plus tard, l'attendait insolemment en contrebas !

De rage, Hans reprenait la course, filant devant celle qui, sans se départir de son flegme, lui laissait l'initiative de la voie... ou plutôt de la fuite. Mais tout restait incroyablement facile pour cette skieuse qui revenait toujours très vite dans son dos, voire même à sa hauteur : il pouvait maintenant entendre ses skis qui faisaient leur trace dans la neige, tout près de lui !

Et puis quand elle fut à sa portée, il la vit soudainement qui lui faisait un grand sourire et un signe de la main !

Ils se connaissaient donc ?

Était-ce *Gerda*, la vendeuse de l'épicerie avec qui, il y a bien des années, il avait descendu cette voie ? Ou bien *Ursula* qui travaille maintenant à la poste ?... Ou enfin *Johanna* l'étudiante du troisième ?... Certainement pas : jamais aussi bonne skieuse !

Dans une si dangereuse descente, c'était à peine s'il arrivait à tourner les yeux vers elle plus de quelques centièmes de secondes... mais assez pour lui voir un sourire familier, une bouche qui lui disait bien quelque chose...

...ses lèvres aussi...

Mais oui !

Enfin, il eut la certitude que c'était la *Bête du Diable* qui skiait à ses côtés !

Celle-là qu'il n'avait plus vue depuis des mois, et qu'il retrouvait maintenant filant sur ses traces, tellement à l'aise sur ses skis, levant même effrontément son bâton pour lui faire des « *coucou* » alors que lui, à la limite de la perte d'équilibre, devait redoubler d'attention pour ne pas finir en boule de neige...

La Bête du Diable qu'il avait vu disparaître dans le brouillard d'un pont suspendu du Chili [1], pour ne plus la revoir...

Jusqu'à ce jour...

Jusqu'à cet instant...

---

1. Carrousel – Livre 3 : *Das Kind*

Où il se rendit compte que, devant lui, la piste se trouvait fermée par un immense bonhomme de neige : un mur de plus de dix mètres de haut qui se dressait devant lui, avec un sourire de pommes de pin, un gigantesque chapeau haut de forme...

Et dans lequel il fonçait tel un bolide !

* * *

Satan et sa Bête eurent beaucoup de mal à extirper Hans Jacob du trou que son élan avait creusé dans le bonhomme de neige... que, par facétie, le Diable avait érigé là, au beau milieu de la piste.

— C'est malin, il est tout cassé maintenant, se lamentait la Bête, à genoux, au côté de l'homme dont elle ôtait la neige du visage !

— Mais non, il est solide, répondait le Diable qui débarrassait son haut-de-forme de quelques flocons, souviens-toi, ça n'est pas la première fois qu'on leur fait ça aux hommes.

— La dernière fois, c'était à des Romains et ils étaient autrement mieux bâtis, répondait-elle encore plus courroucée, regardez : il est tout mou !

— Ça n'était pas des Romains, c'était un éléphant d'Hannibal, à qui on avait fait le coup, pas très loin d'ici d'ailleurs... mais maintenant que tu me le rappelles, il y avait peut-être un Romain dessus, on a dû l'oublier dessous... tant pis ! Mais rassure-toi, ton homme n'est qu'évanoui !

— Évanoui, évanoui... répétait la Bête, toute dépitée en soulevant et laissant choir le bras inerte de Hans, et puis d'abord, les éléphants ne font pas de ski !

— *Ach, Ruhe !*... interrompit le Diable avec quelque exaspération, donne lui quelques tapes et il finira par revenir à lui !

Et ainsi, après avoir retiré de Hans son casque et ses lunettes, la Bête lui accorda quelques généreuses claques... *à-la-romaine*.

Tant est si bien que l'homme finit par rouvrir les yeux !

* * *

Devant lui était la Bête qui le regardait en se mordant les lèvres, toute désolée de la farce de son maître. Au-dessus d'eux, ce dernier admirait son immense bonhomme de neige en se tenant le menton : « *Moi je le trouvais bien !* »

Et puis en venant se pencher vers Hans toujours allongé dans la neige, le Diable lui demanda avec bienveillance :

— Alors l'homme, comment vas-tu ?

— Ben... fit ce dernier en se frottant la mâchoire.

— Parfait, dit encore Satan...

Il usait d'un ton si gentil que même la Bête, méfiante, avait tourné son regard vers son maître en fronçant les sourcils. D'ailleurs, celui-ci demanda encore une fois :

— Donc je crois deviner que tu aimes le froid ?

— Euh... fit simplement Hans en enfonçant sa tête plus profondément dans la neige.

— Je prends ça pour un oui ! commenta le Diable, en même temps qu'il sortait un lourd gourdin de dessous sa cape pour l'abattre sur la tête de l'homme.

13

— *Ahhhh !...* hurla la Bête en proie à une soudaine panique, non mais ça n'était pas prévu comme ça !

— Ah, vraiment ? faisait mine de s'inquiéter le Diable en soulevant l'homme tel un fétu de paille et en le chargeant sur son épaule.

— Mais oui... mais non, mais non ! hurlait encore la Bête, et en plus, vous savez que ça ne se fait pas de taper sur la tête des gens *ici-haut*.

— Ah ! Quand il faut, il faut !

Elle vociférait encore plus fort :

— Mais enfin, vous me l'avez dit *vous-même !*

— J'ai dit ça, moi ? répondait encore Satan très calmement tout en clipsant ses chaussures sur les skis de Hans...

Et le voilà qui se laissait glisser très tranquillement vers la vallée, son homme sur l'épaule, sa canne en guise de bâton... et la Bête dans son dos qui se tirait les cheveux en tapant du pied dans la neige tout en fulminant :

— Ah mais, Maître... Maîîître !

Chapitre II

Antonov

QUAND Hans se réveilla, il se rendit très vite compte qu'il était dans le noir total. Il se demanda même s'il n'avait pas perdu la vue... mais pas l'ouïe en tout cas, puisque celle-là était submergée par un grondement diffus, un continuum de bourdonnements qui lui prenait les tympans. De surcroît, il se sentait étrangement ballotté par des mouvements saccadés qui n'avaient de cesse de le rudoyer.

Dans une demi-conscience, il se demanda d'abord s'il était encore dans l'avalanche qui l'avait happé alors qu'il descendait ses montagnes. Mais non ! Ça n'était pas une avalanche puisque c'était...

Un bonhomme de neige !...

Il lui revint qu'il avait foncé dans un bonhomme, grand comme une maison, et même que c'était une des blagues du Diable !

Pensant être encore enseveli là-dessous, il se redressa brutalement... pour se cogner la tête sur une solide planche de bois !

Et après une seconde à encaisser la douleur sur son front, et qui lui rappelait d'ailleurs qu'il n'était pas dans un rêve, il laissa ses mains sonder tout autour de lui, pour sentir les planches d'une caisse où il devait être enfermé...

Enfermé, la bonne blague... il était emprisonné, voilà tout !

Alors, à coups de poings, il tambourina et appela, espérant qu'on l'entendît et qu'on ne tardât pas à venir lui ouvrir : « *Hé, il y a quelqu'un ? sortez-moi de là !...* » Tant et si bien que la lumière finit par jaillir au-dessus de lui !

En écarquillant les yeux, Hans découvrit le visage de la Bête qui, une nouvelle fois, lui offrait un sourire rempli de tristesse de voir son Hans ainsi *en bière*, enfermé, et brinqueballé dans une étroite caisse en bois.

* * *

Hans était comme paralysé de découvrir sa Bête devant lui : ce visage, ces yeux toujours plein de malice, ce sourire, et ces lèvres doucement dessinées au rouge qu'il lui avait offert il y a déjà si longtemps... était-ce un songe ?

Il se remémorait leurs plus beaux moments à Monaco[1] et le souvenir de la voir porter un enfant dans ses bras, en pleine tempête, au cœur de la pampa chilienne. Il la voyait aussi s'en aller et disparaître dans un nuage, alors que lui, restait planté au milieu d'un pont de cordes de chanvre, seul avec quelques planches vermoulues, et une immense solitude... Cette fille-là qui prenait une place étrange en lui, mais sans qu'il ne puisse jamais savoir *où* et *quand* il pourrait la revoir ; elle était là, au-dessus de lui, et elle lui tendait les bras.

D'emblée, elle l'aida à se redresser ; mais elle semblait comme absente, comme éloignée de ses souvenirs à lui. Et s'il la fixait attentivement, elle ne lui rendait rien d'autre qu'un regard aimable.

Sa Bête, sa jolie Bête, aurait-elle déjà tout oublié, ou bien devait-elle toujours rester à ce point incompréhensible ?

Il touchait sa main, mais sans rien percevoir de ce qu'il ressentait chez les autres : ce don qu'il avait de *sentir* les secret de chacun, rien qu'avec un contact sur leur peau ; le secret de leur âme, leurs trajets de vie, leur passé autant que leur avenir. Sauf que sa Bête restait une créature des enfers, une créature sans âme...

Et donc, indéchiffrable !

Avec son aide, il enjamba la caisse de bois. Tout engourdi qu'il était, ce ne fut pas sans quelques difficultés, sans compter que tout bougeait autour de lui, tout était animé de désagréables trépidations... à moins que ce ne fût lui-même qui avait des problèmes d'équilibre.

---

1. Carrousel – Livre II : *Jealousy*

Comme ses yeux s'accommodaient lentement à l'éclairage, sa première surprise était de découvrir que la Bête n'était habillé que d'un improbable —mais si joli— *drindl* noir et rouge, ainsi qu'il l'avait déjà vue quelques temps auparavant [2] ; elle semblait tellement à l'aise dans cette jolie tenue des filles des montagnes, avec rien de moins qu'un léger chandail de laine pour recouvrir ses épaules nues !

Mais qu'importe, parce qu'en regardant tout autour de lui, Hans découvrait aussi un espace clos, vaguement éclairé par quelques lampes de coursive alignées au plafond, et rempli d'une multitude de caisses de bois, amarrées les unes aux autres par un entrelac de filets, de sangles et de chaînes.

Tout tremblait et vrombissait, cet endroit était animé de mouvements aléatoires et violents... c'était l'intérieur d'un avion en plein vol !

Et puis à quelques mètres, dans la pénombre du fond de la carlingue, il reconnut le Diable : toujours très élégamment vêtu, avec sa cape et son grand chapeau ; il était assis sur une caisse et le dévisageait avec sa méfiance habituelle : « *Eh bien l'homme, on a bien supporté le voyage ?* »

* * *

— Le voyage ? répétait Hans en se prenant la tête, quel voyage ? où sommes-nous donc ?

— Dans un *AN-12 Antonov* de l'armée soviétique, répondait le Diable en regardant tout autour de lui.

---

2. *ibid*

— Un quoi ?

— C'est un avion, reprit Satan qui examinait, avec une moue certaine, la carlingue qui vibrait bruyamment autour de lui : « *Mais c'est une bonne caisse !* »

— Mais je sais que c'est un avion, répliquait Hans avec irritation, mais pourquoi m'avez-vous embarqué là-dedans ?... Et c'est qu'on vole en plus ! Où m'amenez-vous ?

— Au pôle nord ! répondit à son tour la Bête qui l'aidait encore à tenir sur ses pieds.

D'ailleurs un violent trou d'air faillit l'envoyer à terre.

— Quoi ? balbutiait le jeune homme en se rétablissant, au pôle nord ? Mais que voulez-vous que j'y fasse ? Et puis dites-donc, c'est que vous m'avez kidnappé !

— Voyons, voyons, tout de suite des grands mots ! essayait de calmer le Diable, tout autant que la Bête qui l'aidait de nouveau à se maintenir debout : « *Non, Hans... calme-toi, écoute-le !* »

— Oui, reprit Satan, assied-toi l'homme et écoute, c'est pour ton bien... ton bien et celui de ton humanité toute entière !

« *Mmouais !* » grommela Hans en suivant la Bête qui l'invitait par la main à prendre place à ses côtés sur une caisse.

— Voilà, écoute, continua le Diable alors que la Bête se serrait tout contre le jeune homme pour écouter avec lui les explications de son maître :

— Dans quelques heures, un sous-marin soviétique K-33 va percer la banquise du pôle pour une opération très spéciale. Il s'agit de lancer un missile nucléaire d'essai, un missile balistique.

— Et alors, ça n'est pas la première fois ! coupa Hans.

— Écoute donc la suite au lieu de râler ! À bord du sous-marin, ce lancement va provoquer un incendie, et puis l'explosion du bâtiment tout entier, et en particulier l'explosion des deux autres missiles, chargés eux, de têtes nucléaires tout à fait opérationnelles.

— J'en suis bien désolé, mais vous n'allez pas intervenir pour ça quand même ?

— À toi de juger, fit Satan comme si les intervention de l'homme le saoulaient déjà, parce que la déflagration va projeter le plutonium de ces bombes dans la haute atmosphère terrestre : un immense nuage de poussières radioactives qui vont retomber en pluies toxiques sur toutes les villes de l'hémisphère nord.

En voilà déjà assez pour calmer le jeune homme : « *Ça va arriver... vraiment ?* » bafouillait-il.

— Parfaitement, et ce qui va aussi arriver, c'est la panique des populations, la faillite de vos systèmes économiques, et cerise sur le gâteau, une troisième guerre mondiale qui, de bêtises en représailles de vos gouvernants, finira d'achever la destruction de ce monde.

Hans n'arrivait plus à refermer sa bouche, ça faisait beaucoup pour sa matinée. Puis il lâcha enfin dans un soupir « *Rien que ça ?... mais ça n'est pas possible !* »

— Tu vois qu'on a eu raison de faire appel à toi, lui glissait la Bête en lui serrant le bras.

Hans ne savait plus que dire, encore déboussolé par son voyage tout autant que ces révélations apocalyptiques : « *Appel à moi ? mais que...* » Et il se frottait les yeux, se prenait la tête :

— Et quand tout ça doit-il se produire ?

— Je te l'ai dit : dans quelques heures.

La Bête lui tirait le bras, le secouait : « *Tu comprends pourquoi on est là ? hein Hans...* » Mais ce dernier avait les yeux exorbités et essayait de remettre ses idées en place.

— La troisième guerre mondiale, mais ce n'est pas possible votre histoire, ça n'est pas possible !

À l'autre bout, dans la demi-obscurité du fond de la carlingue, le Diable se relevait de sa caisse et répondait, grave, en ajustant ses gants :

— Mon garçon, tu apprendras que dans ton monde, il y a deux genres d'hommmes : ceux qui ne cessent de répéter que *ça n'est pas possible*, et ceux qui luttent pour que ça ne le soit pas. Comme je pense qu'au fond de toi, tu es de la deuxième catégorie, alors lève-toi et viens avec moi empêcher tout ça !

* * *

Hans se retrouva un peu piqué au vif, mais avait toujours du mal à se remettre de toutes ses émotions : sa nouvelle situation dans la soute d'un vol militaire pour le pôle ; son enfermement forcé dans une trop petite caisse, même si, par magie, le Diable l'avait maintenu endormi durant un transport dont il ne savait rien ; cette explosion qui devait se produire, cette apocalypse... et son rôle là-dedans, lui qui, dans son dernier souvenir, profitait des meilleurs moments de l'existence sur les pentes enneigées de ses montagnes.

Devant lui, Satan organisait déjà l'expédition de son équipe : « *Bon, la Bête, tu sais ce que tu as à faire...* » et il se penchait pour ramasser quelques affaires qu'il tendait à Hans.

— Reprend ta veste, ton casque et tes lunettes de ski, il va faire froid dehors... et puis mets aussi ce parachute tiens.

Sans réfléchir, Hans prenait dans ses bras tout ce qu'on lui présentait.

— Je vais t'aider à enfiler tout ça mon Hans, lui dit la Bête, et pour le parachute, il faudra bien tirer sur la poignée !

— Le parachute ?

— Oui au cas où ! rajouta le Diable en s'éloignant vers l'arrière de l'appareil.

Hans s'était relevé de sa caisse, la Bête l'aidait à s'habiller chaudement, à boutonner sa veste et enfiler son parachute. Lui, la regardait, étrangement empressée de le préparer à cette invraisemblable mission :

— Mais et vous ? demanda-t-il en prenant dans ses doigts les mailles légères de sa petite veste en laine, vous n'allez pas garder ce... chandail pour aller dehors tout de même ?

— Non bien sûr, répondait-elle, dès qu'il y aura du soleil, je l'enlève... Pour le parachute, n'oublie pas la poignée hein !

— Le parachute, mais...

— Oui... c'est là-dessus qu'il faut tirer.

— Pourquoi un parachute ? Et vous avez le vôtre ? demandait encore Hans en regardant par terre tout autour de lui.

— Il n'y en a qu'un, c'est pour toi mon Hans, terminait-elle en lui tapotant sur le torse, et n'oublie pas la poignée !

Mais avant que Hans puisse avoir d'autres explications, du fond de l'appareil, Satan demandait déjà : « *Il est prêt ?* »

— Il est prêt, répondait la Bête.

Sitôt dit, le Diable enfonça un bouton qui fit aussitôt hurler une sirène assourdissante, en même temps que la longue et lourde rampe de chargement s'ouvrait dans un terrible vacarme.

Immédiatement, la cabine s'emplit d'un vent glacial et tourbillonnant. Hans avait attrapé la Bête par le bras, et lui criait : « *Mais que fait-il ?* »

Mais elle, se contenait de répondre avec un sourire :

— T'inquiète pas mon Hans, l'important, c'est la poignée.

— La poignée ? Mais quelle poignée ? Bon sang, qu'êtes-vous en train de faire ?

Le Diable revenait à eux : « *Tu lui as dit pour la poignée ?* » et au même moment, s'ouvrait dans leur dos, la porte du poste de pilotage : le copilote en sortait, aussitôt sidéré par le spectacle qu'il découvrait dans sa soute.

Dans un russe qu'Hans avait du mal à comprendre au milieu du vacarme, le militaire semblait crier :

— Mais qui êtes-vous ? Que faites-vous ici ? C'est vous qui avez ouvert la rampe ?

Et le Diable, tout en examinant une dernière fois la tenue de l'homme lança à la Bête : « *C'est bon ? Alors à trois : un ...* »

— Mais qu'est-ce qu'il y a à trois ? hurlait Hans alors que Satan lui prenait fermement le bras... *« deux... »*

— Ben on saute !... Termina la Bête en lui prenant l'autre bras et en lui baissant les lunettes sur ses yeux.

— On... on quoi ?

« Trois ! » dit enfin le Diable !

Et tous les deux soulevèrent le jeune homme, et coururent sur la rampe jusqu'à se lancer dans le vide... Tout ça sous le regard incrédule du pilote !

* * *

À bord de l'Antonov, le co-pilote était revenu à son poste, totalement ahuri... au point de ne même plus savoir comment s'asseoir à son siège.

Dans sa soute normalement vide, et dont il avait fini par fermer la trappe, il venait de voir un drôle de type en cape, canne et chapeau haut-de-forme, sauter dans le vide avec une jeune fille tirée d'un bal folklorique, et un autre gars en tenue de ski ; ce dernier hurlait comme un goret envoyé à l'abattoir...

— Alors, qu'est-ce qui a provoqué l'ouverture de la trappe ? lui demanda le pilote sans quitter l'horizon qu'il fixait à travers ses lunettes noires.

Son copilote leva la main, dans l'espoir, vain, d'accueillir des mots qui n'arrivaient pas à sortir de sa bouche.

— Eh bien camarade, qu'est-ce qui s'est passé ? insistait son chef.

Mais le copilote, bouche toujours ouverte, restait muet.

— Un problème électrique ?

Il avait l'air de dire non...

— Enfin quoi... un rat alors ?

Là c'était franchement non...

— Alors camarade, insistait l'officier qui ne savait plus comment faire pour entendre parler son copilote, qu'est-ce que tu vas écrire sur ton rapport, que c'est l'œuvre du Diable ?

Il avait l'air de dire oui.

* * *

Mais déjà, loin d'eux, Hans se retrouvait dans une vertigineuse chute libre.

Il moulinait l'air comme il pouvait, pour essayer de s'orienter dans le vide. Tout autour de lui n'était qu'une intense lumière virevoltant du bleu au blanc, sans haut ni bas, sans repère aucun ; c'était aussi un froid intense et piquant qui lui glaçait la peau du visage et entrait dans sa bouche comme le vent de la mer s'engouffre dans une voile.

« *La poignée ! Hans, la poignée !* » entendait-il crier. C'était la Bête : elle flottait dans l'air non loin de lui, bras et jambes nues, et ses cheveux au vent. Hans parvint enfin à se stabiliser et à jouer de ses mains pour un semblant de *mouvements* ; mais rien que de lui faire un timide *coucou* l'amena aussitôt dans une nouvelle embardée...

De nouveau stabilisé, il pouvait aussi voir le Diable, dans les airs tout comme lui, peut-être un peu plus digne : il se tenait bien droit, assis dans le vide comme

25

un gamin se tient assis par terre. D'une main gantée il tenait sa canne sur ses cuisses, et de l'autre, son chapeau bien campé sur sa tête ; dans son dos, sa cape lui faisait comme des ailes dont il sembler jouer avec quelque plaisir pour virevolter et diriger sa descente.

Mais encore une fois, c'est la Bête qui répétait les signes : « *La poignée... tirer... en bas... regarde en bas !* »

Alors Hans regarda dans là direction indiquée... vers le sol donc. Mais il n'y avait là, que du blanc, sans chemin ni relief pour en indiquer l'éloignement —ou la proximité—... C'est seulement quand il aperçut très distinctement un phoque plonger dans son trou qu'il comprit l'urgence de la situation !

Il chercha sur son torse... tira sur la poignée...

Hélas, pas assez fort !

Mais après une seconde tentative, enfin le parachute se déroula au-dessus de lui, et s'ouvrit en une fraction de seconde. Hans sentit une forte traction sur les épaules... et se retrouva presqu'en même temps tourneboulé dans la neige de la banquise... qu'il venait de percuter au tout dernier moment.

* * *

Décidément cette neige !

Un calme saisissant était revenu. Allongé bras en croix, profondément enfoncé dans une neige qu'il remercia d'être souple et profonde, Hans avait la face vers un ciel bleu turquoise immaculé dont la seule tache était l'Antonov, tout petit, qui continuait son vol vers l'horizon.

Largement satisfait d'être encore vivant, il s'autorisa à prendre quelques longues et lentes respirations
—disons, une— avant qu'un bruit de pas crissant dans
la neige se fasse entendre : c'était le Diable et sa Bête qui
se penchaient vers lui avec de grands sourires.

Sans attendre leur première question, il leur dit tout
de go : « *Ouais ouais, ça va !* »

Chapitre III

Le K-33

DANS l'espace restreint du sous-marin K-33 de la marine soviétique, l'effervescence était à son comble. Depuis plusieurs heures déjà, l'équipage d'une centaine de marins aguerris, était sous l'angoisse d'un branle-bas de combat dont le point d'orgue imminent devait être le lancement d'un missile nucléaire d'essai R-21.

Le protocole devait être le suivant : immédiatement après avoir transpercé la banquise polaire, le sous-marin devrait lancer un missile balistique équipé d'une charge factice. La fusée, haute comme trois étages et pesant dix-sept tonnes, devrait être éjectée du sous-marin par un arsenal de booster à poudre, et après l'allumage de son moteur, l'engin suivrait une trajectoire qui le ferait monter jusque dans les étoiles, puis une descente contrôlée pour plonger dans la mer, plus de mille cinq cents kilomètres plus loin.

« Ведь это так просто ! *C'est si simple...* » c'est ce que répétait Anatoly Sadykov, ingénieur en chef de l'*OKB-Makeïev*, constructeur du missile, à Vassily Dobrynine, commandant du K-33.

Au coude-à-coude dans les étroites coursives, tous les deux, rejoignaient le Central à pas rapide.

— Je ne suis pas d'accord, martelait le commandant Dobrynine passablement énervé, en mer rien n'est simple, tout est plus compliqué... Un boulon en mer est cent fois plus compliqué qu'à terre, un joint d'étanchéité, un vérin... tout ! Et ne venez pas me faire croire le contraire camarade !

— Mais commandant, continuait l'ingénieur Sadykov, je vous rappelle que nous avons des ennemis, puissants et sans âme. Nous devons être à la hauteur !

Mais visiblement excédé, le commandant Dobrynine finit par attraper l'ingénieur par le col et le poussa par la porte de l'infirmerie où il cria : « *Dehors tout le monde !* » Le docteur et l'infirmier de bord obtempérèrent sans un mot, et une fois la porte refermée derrière eux, le commanda se rapprocha de l'ingénieur jusqu'à lui dire sous son nez :

— Camarade ingénieur, je n'ai pas *besoin* d'ennemi, moi, pour être à la hauteur et faire mon travail avec honneur !

— Mais puisque...

Le commandant leva la main :

— Justement : puisque la sécurité de mon vaisseau ne vous regarde pas, s'il y a la moindre virgule au rapport des avaries, nous retarderons ce lancement autant qu'il le faudra, ennemi ou pas !

— Ne vous fâchez pas commandant, répondait l'ingénieur d'une voix miellée, ça veut dire que nous sommes d'accord... d'accord que si la percée de la banquise se passe bien, si tous les voyants sont au vert, nous lancerons dans les délais.

Il souriait, dévoilant ses petites dents, précocement bouffées par une enfance trop sucrée. Mais le commandant ne décolérait pas :

— Sauf que c'est moi qui déciderai si ça c'est bien passé, personne d'autre, pas les voyants et encore moins vos fichus *délais*, compris ?

— Camarade commandant, je ne faisais que vous rappeler l'un des impératifs de notre mission : faire la preuve à Moscou d'un lancement dans les deux minutes une fois en surface... deux minutes commandant, voilà pourquoi le timing est essentiel !

Le commanda tapa du poing sur la cloison à quelques centimètres de l'oreille de Sadykov et cria :

— Ne venez pas m'apprendre mon métier Sadykov ! Une virgule, je vous dis... une virgule au rapport des avaries et j'arrête tout.

Et il s'éloigna pour sortir de l'infirmerie. Mais dans son dos, l'ingénieur ne se démontait pas :

— Oui commandant, j'ai bien compris... si tout est vert, on lance.

Le commandant faillit exploser :

— Bon sang, Sadykov, vous oubliez que nous avons un réacteur atomique à bord, et on ne peut pas dire qu'il soit sans problème, alors insistez encore et vous irez dans l'enceinte servir de compteur Geiger !

Il sortit enfin en claquant la porte « *On verra alors si vous restez vert !* »

* * *

Et c'est ainsi qu'à l'heure fatidique, le sous-marin qui patientait sous la banquise, souffla brutalement de toutes ses réserves d'air comprimé dans ses ballasts, chassant l'eau qui le maintenait en équilibre à quelque quarante mètres de profondeur, pour l'engager tel un bouchon, dans une rapide remontée vers le couvercle de glace.

Le choc fut violent : la banquise ne céda point sans l'énorme inertie de flottaison des cinq mille tonnes du *bateau* qui remontait à pleine vitesse.

À bord, tout ce qui n'était pas fermement attaché, vola en l'air, hommes d'équipage compris, avant de retomber lourdement sous leur propre poids. Mais la glace, quoique plus épaisse qu'escompté, fut quand même soulevée, et se brisa sur tout son long en une cascade d'explosions... jusqu'à ce que le kiosque haut et noir du K-33, s'élevât majestueusement dans le ciel polaire.

Il termina sa course dans un crissement du diable, au-dessus du blanc immaculé de la banquise et d'un amoncellement de glace brisée.

Dans le compartiment central du sous-marin, une fois l'équipage remis du choc, le commandant demanda promptement à toutes les sections leur rapport des avaries. Devant ses yeux, il avait l'ingénieur Sadykov, dont le personnel *missiles* de l'étage inférieur avait déjà entamé les procédures de lancement. Les secondes s'égrenaient dans une tension extrême, mais durant lesquelles les rapports revenaient un à un positifs. Le protocole de lancement pouvait donc aller jusqu'à son terme.

Un des points du protocole, justement, exigeait du commandant en second qu'il commandât la levée du périscope pour entreprendre un tour d'horizon de principe.

Personne n'y prit gare puisque, pendant ce temps, le commandant surveillait toujours fébrilement la bonne progression du protocole électronique, et que l'ingénieur Sadykov était descendu au poste missile —en se frottant les mains—, et actionnait déjà les serrures de mise à feu.

Et soudainement, par dessus le vacarme du Central, on entendit la voix hésitante du second au périscope :

— Мой командир... *Mon commandant !*

* * *

Son supérieur se tourna vers lui... qu'il découvrait complètement immobile, les yeux encore rivés dans le viseur.

— Ben quoi ? demanda-t-il.

Sans un mot, le second se retira du système de visée, les mains en arrière, les yeux exorbités, comme s'il se posait des questions sur un accident vasculaire fulgurant qui venait de lui atomiser la moitié du cortex, seule explication valable à ce qu'il venait de voir.

« *Ahhh, mais...* » Décidément nerveux, le commandant l'écarta du périscope, et se pencha, à sa place, à la visée.

Sous ses yeux, l'optique d'approche lui montrait la banquise, blanche et nue jusqu'à une centaine de mètres de son sous-marin, mais avec au centre, un trio plus qu'improbable : un grand bonhomme en costume noir, cape, élégamment appuyé sur une canne, et qui, d'une main en gant blanc, tenait sur sa tête un chapeau haut-de-forme bien luisant. À sa droite, il y avait une fille aux épaules nues et en tenue folklorique des alpes bavaroises, son chandail rose sous le bras, et enfin à la gauche, un autre type en combinaison de ski avec casque et lunettes.

La fille lui faisait même un petit coucou...

Alors lui aussi retira ses mains du viseur, se redressa, et l'air grave, se donna une seconde de réflexion... ou un truc comme ça qui se passe dans un cerveau aux prises avec lui-même.

De son côté, le second soupirait parce qu'il comprit qu'il n'était plus le seul dingue sur la passerelle, là où tout le monde —et dans un silence religieux— avait les yeux rivés sur leur commandant.

Mais ce dernier revint très vite remettre ses yeux devant l'optique, et comme l'avait fait son second quelques instants auparavant, il fit faire au périscope un tour d'horizon complet :

Tout autour du K-33, n'était qu'une banquise nue —et c'était normal à ces latitudes— aucun véhicule, pas un avion qui les attendait, là encore normal, puisque personne n'était, en principe, au courant de leur position.

Il n'y avait même pas un phoque ni même un ours blanc à des kilomètres à la ronde !

Alors pourquoi ?...

Pourquoi ça lui tombait dessus, au moment le plus crucial de sa longue carrière ?

Pourquoi c'était à lui, Vassily Dobrynine, commandant émérite de la flotte soviétique —on ne peut pas plus fidèle parmi les fidèles—, qu'un tour d'horizon sur l'immaculée banquise du pôle Nord, devait le ramener à ce grand bonhomme en noir qui levait sa canne sur une fille à moitié dénudée, celle-là qui semblait lui aboyer quelques propos désagréables, et entre les deux, un vague skieur à casque qui tentait de les séparer ?

Histoire de dire quelque chose, le second suggéra timidement :

— Si... si on lance le R-21, *ils* vont être grillés par le souffle, vous ne pensez pas commandant ?

De nouveau, ce dernier se retira, grimaçant... ça faisait longtemps que les muscles de ses sourcils n'avaient pas tiré comme ça sur son visage.

Il regarda sa montre, regarda aussi les voyants, maintenant tous au vert... un coup d'œil sur son second toujours médusé, et enfin vers tout l'équipage du Central, dans un expectative inquiète. Puis il se tourna vers l'ingénieur Sadykov, dont la tête ahurie faisait son apparition depuis l'échelle d'étage... sûrement pour essayer de comprendre ce qui pouvait encore retenir le commandant.

Tout le monde au Central avait donc les yeux tournés vers lui... les rapports s'étaient tus, ainsi que toutes les voix ; le second semblait définitivement s'en remettre à son chef, et au-dessus de leurs yeux, les voyants persistaient dans leur couleur imbécile.

Il ne pouvait que lâcher le périscope, et rejoindre Sadykov —qui souriait de toutes ses dents— pour descendre avec lui vers le poste de lancement des missiles en déclarant haut et fort : « *Tant pis on lance !* »

* * *

— Mais tenez-vous bon sang, ils nous regardent ! protestait Hans alors que la Bête fermait ses coudes en boudant.

— Ils ne regarderont pas longtemps, répliquait le Diable, ils ont un missile à tirer : ça n'est pas nous qui allons les arrêter.

— Mais je croyais que si le missile partait tout allait exploser.

— Un tout petit court-circuit à bord, ça n'est pas bien difficile à provoquer, disait encore le Diable en désignant de sa canne le kiosque du K-33, au sommet duquel s'ouvrait en grinçant, l'une des lourdes trappes à missile.

Il poursuivit :

— Mais ils vont finir par réparer cette petite panne, alors tôt ou tard le lancement aura lieu.

— Et qu'allez vous faire alors ?

— En définitive, il n'y a plus qu'à les tuer tous !

— Oui oui, ça, on peut... s'immisçait la Bête en se frottant les mains.

— Mais quelle horreur, s'offusquait Hans en retenant la Bête par les épaules... aussitôt suivi par cette dernière qui se ravisait : « *Euh, non ! tu as raison, quelle horreur...* »

Mais Satan afficha son plus beau sourire et se tourna vers l'homme pour le rassurer en lui posant la main sur l'épaule :

— Je savais que tu ne serais pas d'accord !

— Ha !... soupirait Hans avec satisfaction, vous renoncez donc ! Alors c'est quoi l'autre plan ?

— L'autre plan ? Il n'y en a pas, c'est pour ça que tu es là !

— Qui ça, moi ?

— Oui toi.

— Mais que voulez-vous que je fasse ?

— J'en sais rien... c'est ton problème.

— Comment-ça mon problème ?

Satan avait du mal à contenir ses sourires. Il se détourna de l'homme au visage défait, pour se planter bien droit devant le spectacle du sous-marin à ses préparatifs de lancement.

— Soit tu trouves une solution pour empêcher le lancement de ce missile, soit je trucide tout le monde !

— Mais enfin, pourquoi moi ? protestait Hans en tapant du pied dans la neige, je n'y connais rien, je ne peux rien faire moi...

— ...ton problème, l'homme.

Hans levait les bras, se tournait vers la Bête qui se contentait de hausser les épaules pendant que le Diable, ostensiblement appuyé sur sa canne, continuait avec une hypocrisie toute pateline :

— Puisque la dernière fois, tu m'as prouvé, à moi, combien tu étais *malin*... hé hé ! alors cette fois, tu te débrouilles, l'homme... j'attendrai.

— Quoi la dernière fois ?

— Oui le coup de l'enfant [1]... fais pas celui qui a oublié s'il te plaît !

— Ohhh, mais je vois... Oh le rancunier !

— Mais pas du tout, puisque je reconnais qu'en définitive, tout s'est bien passé, et qu'en conséquence, j'ai décidé de faire appel à toi dès le début... Trouve-nous donc une solution ou je les tue !

— Une solution, comme ça, là maintenant ?

— Ben oui, il me semble que tu étais assez doué pour les situations d'urgence n'est-ce pas ?... D'ailleurs, je te signale que ça presse !

Et Satan se tourna de nouveau vers Hans avec un sourire obséquieux. Ce dernier, fou de colère, jetait au loin ses lunettes, son casque, ses gants, et tout autant de jurons.... qu'allait ramasser la Bête en tentant vainement de le calmer !

* * *

À bord du sous-marin, la procédure de mise à feu du R-21 était arrivée à son terme : le silo de lancement avait été ouvert, le périscope rentré et le missile enfin paramétré et pressurisé ; ses gyroscopes étaient lancés à pleine vitesse, ils lui assureraient un guidage précis tout au long de sa trajectoire balistique.

---

1. CARROUSEL – Livre II : *Das Kind*

Tout était donc prêt pour un départ dans les temps. Il ne restait plus qu'à allumer les boosters à poudre qui allaient propulser la fusée hors de son silo comme un boulet de canon, avant que le moteur à propergol liquide ne prenne le relais pour une longue course dans la haute atmosphère.

— Alors les signaux ? criait le commandant Dobrynine à son second resté au Central à l'étage au dessus.

— Mais les signaux sont toujours au vert commandant, fit en réponse son officier.

— Bon ben... alors c'est parti ! souffla le commandant en appuyant sur le bouton de lancement.

Et dans un tonnerre, ce fut... une gerbe d'étincelles qui alluma tout le tableau de commande !

Des flammes et des éclairs sortirent des armoires électriques qui, une à une se mettaient à crépiter, contaminées par une surtension, puis un court-circuit généralisé qui finit par déclencher toutes les alarmes du bord.

Le commandant en fut même projeté à terre.

Aussitôt, tous les hommes du box s'activèrent pour éteindre les flammes qui sortaient de partout, dans une fumée qui devenait particulièrement épaisse.

En urgence, le second était descendu au poste missiles et aidait son commandant à se relever tout en aboyant ses ordres pour qu'on maîtrisât l'incendie, ce qui fut entrepris rapidement, d'autant qu'étant en surface, il fut facile pour l'équipage surentraîné d'ouvrir les écoutilles pour évacuer l'épaisse fumée.

Brûlé au visage, et surtout choqué devant un tel désastre, le commandant Dobrynine balbutiait :

— Гавно… mais c'est quoi ce bordel ? Putain de matériel de civils… Et Sadykov, il est où celui-là qui m'a installé ces consoles de merde ? Où est l'ingénieur Sadykov ? Sadykoooov !

* * *

Depuis leur banquise, le trio observait le panache de fumée noire qui s'échappait maintenant par les écoutilles ouvertes.

— Un *tout petit court-circuit* disiez-vous ? glissait Hans à Satan.

— Ah que veux-tu ? Les rouages du corps humain c'est facile à gripper mais l'électronique de ton monde, j'ai encore du mal à doser !

— Je ne critique pas… mais vous avez peut-être un peu forcé sur la magie.

Alors Satan lui tapota sur l'épaule :

— Tu peux rire, l'homme, et même te réjouir parce que ça leur demandera un peu plus de temps pour réparer, ce qui veut dire : un peu plus de temps à toi pour trouver une solution à ton problème !

— Hein ?

— … ou je les liquide tous.

À-demi courbé sur la banquise, Hans serra sa tête entre ses mains en mâchant mille jurons. À ses côtés, la Bête tentait son possible pour le rassurer : « *Mais ne t'inquiète pas mon Hans, à nous deux, on y arrivera !* »

* * *

40

Peu après, emmitouflés dans leur tenue d'hiver, les haut-gradés du K-33 avaient pris place sur l'étroite passerelle, au sommet du kiosque, pour observer aux jumelles, la progression d'un petit peloton qui était sorti, armes au poing, pour appréhender le trio de la banquise.

— Appelez Moscou, disait, d'une voix dépitée, le commandant à son officier en second, faites état de la panne et demandez-leur la suite.

— À vos ordres commandant, et... doit-on mentionner ces trois-là ?

— Ты в своем уме ! *Ça va pas non !*

Chapitre IV

Les experts

« BON SANG, *mais que faites-vous là sur la ban-quise ? »* demandait le second au trio ramené à bord. Des marins en arme les avaient remisés dans une étroite coursive du sous-marin, et l'un d'entre eux avait même proposé à la Bête de la recouvrir de sa lourde veste en attendant leur "interrogatoire". Elle avait répondu au jeune homme par un sourire, sans pouvoir exprimer en russe, qu'elle n'en avait pas besoin.

— Полковник Эрик Карусов, répondit le Diable : « *Colonel Erik Carusov et son équipe d'experts. Nous sommes des observateurs envoyés par Moscou.* »

— Carusov, Carusov, répétait le second en plissant les yeux, ça me dit quelque chose !

Satan se tourna vers sa Bête avec un demi sourire : « *Même ici, ils ne connaissent pas, les ignares.* »

Le Second s'interrogeait toujours :

— Je ne comprends pas, Moscou ne nous a pas prévenu de votre arrivée !

Satan, c'est-à-dire le colonel Carusov, partit d'un grand rire :

— Vous ne croyez quand même pas que Moscou allait faire passer notre arrivée sur les ondes, en donnant à l'ennemi l'exact point de lancement de nos armes les plus modernes !

— Alors, je présume que vous devez avoir toutes vos accréditations, coupa le second en tendant la main.

— Bien sûr ! et le Diable fouilla dans ses poches et tendit une liasse documents, tous plus officiels les uns que les autres.

Le second s'en trouva même un instant débordé :

— Voyons, il devrait y avoir un papier de l'amirauté...

Et aussitôt, Satan posait son doigt sur l'une des feuilles :

— Celle-ci sans doute ?

— Ah oui ! en effet, et une accréditation ministérielle...

— La voilà...

À chacune des demandes du second, Satan faisait sortir le bon papier de la pile. Et quand l'officier revenait sur un document parce qu'il lui semblait douteux : *« Camarade Colonel, il devrait y avoir la signature du secrétaire Groutchkov... »*

— Si si, regardez bien... répondait le Diable, et le tampon apparaissait sous ses yeux.

— Ah oui en effet, je ne l'avais pas vu, répondait l'autre en haussant bien haut les sourcils.

Toutes les pièces qui, de prime abord, lui semblaient douteuses, repassaient devant ses yeux dûment complétées et tout à fait conformes à ses attentes. Le second n'avait plus qu'à dire en se frottant les yeux : *« Ah, c'était là... je n'avais pas vu... je n'avais pas fait attention... »* Et il finit même par se prendre la tête, persuadé que le stress de ces dernières vingt-quatre heures devaient être la cause de ses problèmes de vision.

— Bon, toutes mes excuses, camarade Colonel, dit-il enfin en rendant ses papiers à son homologue, je me suis demandé un instant si vous étiez vraiment des bons communistes. Allons donc au Central voir le commandant avec vos accréditations !

En chemin, la Bête demanda par-dessus l'épaule de Hans :

— Ça se mange les bons communistes ?
— Bien sûr que non !
— Bien sûr que si ! renchérit Satan.

* * *

Une fois au central, au milieu d'une foule qui allait et venait, chacun étant chargé des panneaux électriques qu'ils avaient démontés, le second présenta au commandant le trio *« d'experts délégués par Moscou pour suivre les opérations spéciales du K-33 »*.

Le commandant Dobrynine les salua de la tête, et s'excusa même pour sa méfiance première, justifiée par les événements. Il s'arrêta aussi sur les tenues des uns et des autres, mais sans pour autant poser de question. C'est Hans qui prit les devants avec son russe un peu balbutiant :

— Nous avons eu un problème d'intendance, commandant, nos habits ont été perdus, et nous nous sommes retrouvés avec une caisse du cirque de Moscou.

— Mais, la demoiselle, elle... elle n'a pas froid comme ça ?

C'est que la Bête, étant passée du froid polaire de la banquise, à la chaleur toute relative du sous-marin, avait estimé bon de retirer son chandail de laine qui lui couvrait encore les bras, les épaules et... bref, une grande partie de son buste de jeune femme.

— Ne vous inquiétez pas, répondit Hans en prenant aussitôt la Bête par les épaules, le « *major* зверь [1] » est rompue aux techniques de survie les plus avancées !

Mais le commandant Dobrynine avait d'autres préoccupations.

— Hum, donc colonel... colonel Carusov, disait-il en examinant de nouveau les papiers que le second lui avait présentés, votre venue est plutôt inhabituelle, comment saviez-vous que nous allions émerger ici précisément ?

— Camarade commandant, répondit le Diable, vous pensez bien que Moscou est au courant de bien des choses !

— Mouais... bon, on va d'abord vous donner des tenues plus adaptées, n'est-ce pas ?

____

1. La Bête

C'est que le pacha voyait d'un mauvais œil ses matelots, les bras chargés d'équipements, qui tombaient en arrêt devant la Bête dans sont léger *dirndl* des montagnes ; d'autant que cette dernière n'hésitait pas s'offrir devant tout l'équipage en diverses postures de défilé de mode !

De force, Hans la prit avec lui pour l'amener dans les coursives, laissant le commandant, las, rendre ses papiers à Satan en se prenant le front : *« Bon fichez-moi le camp... Allez au mess et faites comme chez vous ! »*

* * *

Au carré des officiers, un matelot leur présenta de nouvelles tenues de travail... qui furent reçues avec des yeux exorbités pour la Bête, et une réelle moue pour le Diable... et ça n'était pas d'y faire entrer sa large carrure qui le préoccupait le plus :

— Mais c'est un bleu de travail ! faisait-il en secouant la chose comme si c'était un chiffon de mécano, non mais, je ne vais quand même pas enfiler ça !

Même la Bête râlait :

— C'est une tenue d'esclave dans les mines ça !

— Normal, faisait Hans, vous avez vu comme c'est étroit ici ? Alors je vous conseille de la mettre : non seulement ça sera plus pratique, mais surtout, moins voyant que, que...

— Quoi, ça ne te plaît pas ? demandait-elle alors que Hans avait passé des yeux inquisiteurs sur son *drindl*.

— Si si !... beaucoup, se crut-il obligé de répondre, mais...

47

— Mais quoi ? fit-elle alors en croisant les bras.

Hans se racla la gorge.

— Je pense que ça plairait aussi à beaucoup d'autres hommes dans ce sous-marin et... sommes-nous venus ici pour ça ?

Sa réponse n'avait pas l'air de plaire à la Bête, mais le Diable intervint à son tour en la pointant du doigt :

— Il a raison, si tu continues à te promener partout ainsi vêtue, la question de l'avenir du monde se réglera au fond de l'eau dans une mutinerie généralisée.

Il rajouta pour lui-même : *« Ce qui serait peut-être une bonne solution après tout ! »*

Capitulant avec rage, la Bête arracha sa tenue des mains de Hans, et s'éloigna vers la cuisine pour l'enfiler. Le Diable en profita, alors qu'il commençait de déboutonner sa chemise :

— Alors l'homme, me diras-tu comment tu comptes t'y prendre ?

Mais Hans était déjà ailleurs. Il soupirait, tout en dégrafant sa combinaison de ski pour l'échanger contre cette pâle tenue de marin soviétique. Lui, si tranquille, amoureux des grands espaces ; lui qui, jusqu'à son *enlèvement*, goûtait aux plaisirs de l'hiver dans ses montagnes sous un radieux soleil, et qui, le soir venu, se serait retrouvé avec ses amis devant une bonne bière dans la chaleur de son village... L'attendaient-ils déjà d'ailleurs ?

Alors oui, il se trouvait fatigué de ce rapt, de son voyage au fond d'une caisse trop petite, de son saut forcé en parachute jusqu'à percuter la banquise polaire... de l'espace confiné et sombre de ce sous-marin, bref... fatigué de tout ce qu'il avait dû subir en si peu de temps !

Et voilà que dans cette boîte de conserve sans horizon aucun, on lui demandait maintenant quelle pouvait être sa stratégie pour contrer un cataclysme mondial !

— Eh bien l'homme ? insistait le Diable.

Hans sortit de ses rêveries et reprit ses esprits :

— Une chose que je voudrais comprendre, vous m'avez dit qu'il se produirait un incendie à bord.

— Un incendie... une explosion, qu'importe !

— ... et qui fera sauter tout le sous-marin...

— ... avec ses missiles nucléaires.

— Mais quel rapport avec le lancement du missile d'essai ?

— J'en sais rien, l'homme, sauf que c'est son départ qui va mettre le feu aux poudres.

— Mais alors, il suffirait peut-être d'empêcher cet incendie de se produire et...

Satan parût tout d'un coup excédé du verbiage de l'homme. Il coupa court :

— Écoute moi bien, si ce missile part, c'est l'apocalypse voilà tout. Donc tu te débrouilles pour qu'il ne parte pas, ou bien c'est moi qui réglerai le problème à ma manière !

* * *

Mais dans le même temps, la porte du mess s'ouvrait pour laisser entrer l'ingénieur missiles Sadykov.

Sans afficher le moindre sourire, le regard fourbe et fermé, ce dernier questionna tout de go, sans même se présenter :

— On m'a dit que vous étiez à bord, que c'est Moscou qui vous envoie... j'ai du mal à comprendre le pourquoi de votre présence ici !

Hans se tourna aussitôt vers le Diable, espérant de sa part quelque assistance, mais celui-ci renouait son nœud papillon par-dessus son bleu, et manifesta immédiatement son désintérêt complet pour la question.

Comprenant qu'il n'aurait plus qu'à se débrouiller seul, Hans décida de faire un pas en avant, et tendit son bras vers l'ingénieur pour une franche poignée de main... ferme et longue...

Assez longue pour lire en lui tous ses secrets. [2]

— Camarade Anatoly Sadykov, salua-t-il faussement enjoué, ingénieur en chef de l'*OKB-Makeïev* !

— Nous... nous nous connaissons ? demanda Sadykov un peu déstabilisé.

— Bien sûr, nous avons un dossier complet sur chacun d'entre-vous, répliqua Hans, reprenant à son compte les phrases typiques des agents du KGB.

L'ingénieur, toujours plus inquiet, se contenta d'opiner lentement de la tête ; Hans poursuivit :

— Nous savons combien c'est une mission importante pour vous qui n'avez été promu pour ce poste que par la défection de votre collègue Serguéï Alekseev pourtant tellement plus compétent...

---

2. Carrousel – livre I : *Le Styx*

Sadykov eut un mouvement de recul, mais Hans ne lâchait pas sa main :

— Ça n'est pas très gentil de l'avoir fourré dans le lit d'une *call-girl* et d'en avoir tiré tout un album photo pour le faire chanter, et surtout obtenir qu'il se désiste en votre faveur, voyons Anatoly, tss tss tss...

Le regard défait et tout en tremblant, l'ingénieur Anatoly Sadykov retira sa main de la poignée du jeune homme, comme si c'était d'un nid de scorpions.

Satan qui, de l'autre bout du mess, avait entendu la courte conversation, ne put s'empêcher de glisser : « *Ah... un client comme je les aime, tu deviens bon mon garçon !* »

L'ingénieur paraissait ne rien comprendre, mais Hans continuait sur le même ton :

— À propos de cette mission, ne pensez-vous pas que toutes les conditions ne seraient peut-être pas réunies pour un lancement sans dommages ?

Sadykov se redressa ; s'il avait devant lui un agent du KGB, celui-là n'en était pas pour autant un ingénieur comme lui, et ça se sentait à ses propos. Il se dit qu'il avait sans doute trouvé le point faible de son jeune interlocuteur —trop jeune d'ailleurs—, et il répondit comme on lui avait appris à le faire : par l'attaque, et avec défiance :

— Je peux vous assurer qu'elles le seront camarade, saurait-il en être autrement ?

— Pourtant le départ manqué de tout à l'heure...

L'ingénieur coupa alors, toujours plus sèchement :

— Un court-circuit dans l'unité de contrôle, rien qui soit irréparable, nous attendons la fin des réparations pour un nouvel essai, qui ne saurait tarder d'ailleurs et...

— Bien sûr... mais question sécurité des missiles... hum, je veux dire, des autres missiles ?

— Tout est absolument en ordre, ça a été vérifié avant le départ selon un protocole que vous devez bien connaître, si je ne me trompe !

— Bien sûr... évidemment, fit Hans à court d'argument !

Et sans attendre, Sadykov salua sèchement de la tête « *Camarades...* » et sortit.

— Et m.... disait Hans en serrant son poing !

Ce à quoi le Diable, qui s'était assis devant une bouteille de rare vodka dénichée dans les placards du mess et dont il remplissait un premier verre, lui envoya à son tour :

— Tes talents d'intelligence toucheraient-ils à leur limite mon garçon ? Ou bien tout ce que j'ai vu de toi jusqu'à maintenant ne relevait-il que de la chance ?

« *Ahhh !...* » grogna Hans avant de sortir, claquer la porte, et se lancer dans la coursive...

Il fut rapidement suivi par la Bête qui, à son tour, quittait le mess après s'être changée. Et alors qu'elle lui emboîtait le pas, dans leur dos, le Diable continuait, presque euphorique :

— Quelques heures, tu entends, l'homme ?... Encore quelques heures avant qu'ils n'aient terminé leurs réparations et que je ne les massacre tous... Ah ah ah !

* * *

— Hans attends, appelait la Bête qui courait derrière lui.

Mais lui, ne s'arrêtait pas, poussé par son impatience autant que sa colère, et il ne cessait de bougonner : « *Horreur de ce genre d'ultimatum...* »

Et sans savoir vraiment où il allait, il jouait de ses épaules pour remonter le flot des matelots affairés à la réparation des avaries électriques.

— Hans attends-moi, répétait-elle encore, où vas-tu ? et qui c'était ce type qui sortait ?

Il finit par lui répondre en criant par dessus le brouhaha :

— C'était l'ingénieur chargé du missile d'essai, encore un de ces illuminés trop pressé de lancer son bébé, je trouve !

— Trop pressé, tu veux que je le ralentisse ? suggéra-t-elle alors...

C'était gentiment offert ; Hans arrêta sa course, baissa les yeux et essaya de se calmer en respirant profondément. Arrivée devant lui, la Bête lui proposa encore une fois :

— Pour toi, je peux le ralentir, un peu... beaucoup, passionnément, et même complètement, si tu veux !

Elle lui offrait ses jolis yeux et ses lèvres dessinaient de tout aussi jolis sourires. Hans soupira.

— Autant ralentir tout le monde alors, et ça reviendrait au plan de ton maître...

— Que pouvons-nous faire alors ?

Il secoua la tête :

— Mais je ne sais pas ! En serrant la main de ce type, j'ai bien vu qu'il était totalement étranger à l'apocalypse qui se prépare, et en plus, il est complètement illuminé par sa mission... alors je ne sais même pas, par où chercher.

— Peut-être que le commandant en saurait plus ? suggéra-t-elle.

Il reprit sa respiration, et acquiesça :

— Oui ! tu as absolument raison... Allons le voir !

* * *

Ils trouvèrent le commandant dans le poste missiles. Mais ça grouillait d'un tel défilé de matelots qui s'occupaient des réparations que, dans ce remue-ménage, espérer avoir une conversation privée avec le pacha semblait chose impossible. D'ailleurs ce dernier, à genoux sous les consoles, avait les mains enfouies dans des kilomètres de câbles d'où s'échappaient encore —en plus d'une collection intraduisible de jurons de marins des mers polaires— des relents de fumées tout aussi âcres et fuligineuses.

Pour ne pas gêner le flot incessant des matelots qui entraient et sortaient avec leur matériel, Hans et la Bête furent contraints de stationner près du seuil du compartiment, adossés à une grappe de petites vannes à main qui leur rentraient dans les côtes.

— Commandant... lança plus d'une fois Hans au travers de l'agitation.

« *Quoi encore ?* » finit par répondre le commandant Dobrynine, avec un tel énervement dans la voix, que Hans se rendit compte immédiatement qu'il était inutile d'espérer quoique ce soit de sa part. Et il se résigna

54

à seulement demander son autorisation pour inspecter le bateau, sous le prétexte de chercher d'éventuelles avaries.

— Mon autorisation ? mais faites comme chez vous bon sang ! répondit le pacha depuis le bord de sa console, et ramenez moi encore de nouvelles pannes tant que vous y êtes !

À peine terminé, le voilà qui replongeait sous ses armoires électriques, à la manière d'un scaphandrier sondant dans des eaux noires.

Résignés, Hans et la Bête furent néanmoins bien aise de sortir du compartiment à l'atmosphère, décidément, irrespirable.

— Par où allons-nous commencer ? demanda d'abord la Bête.

— Allons voir du côté du réacteur, si je ne me trompe, c'est la pièce la plus fragile de ces sous-marins, alors si quelque chose doit exploser, ça sera là-bas, j'en suis sûr !

On leur indiqua le chemin —vers l'arrière du bâtiment— et ce ne fut pas long d'y arriver : dans cet univers si compact et confiné, aucun espace ne demeurait inutilement vide, les postes succédaient rapidement aux postes, et les coursives aux coursives.

* * *

Dès qu'il entra dans l'étroit couloir qui faisait le tour du cœur nucléaire, Hans sentit qu'il était arrivé au bon endroit : dans cet univers chaotique de tuyaux, de câbles et d'appareils en tout genre, tout respirait la défaillance technique, la fragilité, voire, le bricolage. Il ne restait plus qu'à dénicher ce qui était vulnérable au point de céder ou défaillir, et déchaîner l'apocalypse au moment où le missile d'essai serait lancé.

Hans marqua d'abord un temps d'arrêt, prit une profonde respiration, et s'engagea résolument dans le poste, avec tous les sourires voulus et une main bien tendue pour chacun des hommes d'équipage qui avaient la charge du réacteur.

Tous étaient déjà au courant de la visite de cette étrange *"commission de contrôle"* et c'est avec beaucoup de méfiance que les présentations se firent. Hans le sentait bien : ces gars-là avaient du mal à se livrer. Heureusement, les sourires avenants de la Bête, ainsi que ses yeux chatoyants, facilitèrent le *contact*, au point que chaque poignée de main inquisitrice de Hans pouvait durer aussi longtemps que nécessaire.

Et ainsi, il y eut poignées de mains, sur poignées de mains... longues, insistantes, et durant lesquelles Hans essayait d'en savoir le plus possible sur ces hommes, sur leurs craintes, leurs angoisses, et surtout sur leur connaissance d'une éventuelle défaillance de leur *bébé*, le réacteur.

Pendant que la Bête tenaient ces gars en haleine, Hans fouillait au plus profond de leur âme, à la recherche de la plus infime des suspicions.

Ce travail lui demandait une concentration extrême pour résister au choc émotionnel d'une chute vertigineuse dans les âmes de ces marins aguerris. Il les trouvait tous submergés par l'angoisse, bousculés dans leurs missions quotidiennes, en proie à une indicible peur au ventre de devoir, chaque jour, côtoyer la mort, au cœur de ces sous-marins nucléaires aux technologies *à-la-marge*.

Ces types étaient tous formidables, voilà ce que se disait Hans en les regardant dans les yeux. Mais en contrepartie, son effort devait être considérable pour maintenir sa concentration intacte et pour ne pas se laisser déborder par des affres qui auraient masqué le petit détail, voire l'infime soupçon d'un matelot envers sa machine.

Alors si celui-là ne savait rien, peut-être que cet autre-là en savait plus, ou ce troisième ? Il ne fallait rien laisser de côté.

La quête devenait épuisante, et Hans ne voyait toujours rien !...

Rien que le torrent chaotique de ces vies de marins dont il sentait les craintes et les tourments. Mais ces angoisses se rapportaient d'abord à leur propre vie, à leur famille, leurs parents, leur femme, enfants ou leur petite amie restée sur les quais froids de Mourmansk. Dans leur âme, Hans voyait même le visage défait de ces jeunes filles à l'heure du départ, disparaissant au loin dans cette si longue nuit polaire.

* * *

Entre deux poignées de main, Hans s'efforçait le plus possible de passer ses doigts sur toutes les pièces du bloc réacteur. En les touchant, il sondait chaque tube, chaque vanne et jusqu'au plus petit cadran dans l'espoir d'y *voir* son histoire : son histoire passée...

Et surtout son histoire future...

Mais de son acharnement à vouloir absolument trouver une défaillance dans le système du réacteur, c'est lui-même qui en arrivait à défaillir :

— Ça va ? demandait la Bête alors que son Hans devait se tenir aux cloisons, les yeux exorbités, la sueur perlant sur son front et à deux doigts de verser.

— Oui ça va, répondait-il en respirant profondément, mais je ne trouve rien, il n'y a rien ici, rien !

Sa voix trahissait le désespoir et la colère.

— Et dans le réacteur lui-même ? suggéra la Bête, nous n'y sommes pas rentrés !

— Dans l'enceinte de confinement ? dans cette radioactivité... pas question !

— Mais moi, je peux !

Hans était très dubitatif :

— Voyons, votre corps résisterait-il aux radiations d'un cœur nucléaire ?

Elle hésita...

— Non, bien sûr que non, mais...

— Mais quoi ?

Elle répondit timidement :

— C'est pour t'aider, Hans.

Ce brin de fille qui le regardait avec des yeux si doux, et des paroles à la fois innocentes et toutes pleines d'abnégation, Hans lui ouvrit les bras et la serra contre lui tout en soupirant :

— Ce n'est pas la peine d'en arriver là, il y a tellement d'endroits qui pourraient exploser dans un sous-marin, et pas que son cœur nucléaire, on va trouver ailleurs !

Elle ne répondait rien. Pour elle, c'était un petit moment du pure magie que de se retrouver dans ses bras, retrouver son odeur, sentir ses mains dans son dos qui la tenaient contre lui, à lui, avec douceur, autant que vérité.

* * *

Cet « *ailleurs* » en question, antichambre de la fin du monde, fut vite trouvé : pour Hans et la Bête, il fut évident que si quelque chose d'autre devait exploser à bord d'un sous-marin, c'étaient ses torpilles !

Ragaillardis par cette nouvelle perspective, ils prirent le chemin inverse pour rejoindre le compartiment le plus avant du bâtiment. Mais sur leur route de sections en coursives, tout le petit peuple du K-33 s'agitait toujours : ici, on soudait des panneaux de commande, ailleurs, on testait et remontait les boîtiers, des armoires électriques entières, transportées avec difficulté dans les coursives.

Ça courait donc de partout, et même dans l'effervescence, il était évident que les réparations allaient bon train : le missile allait donc pouvoir être tiré... Hans le sentait bien, « *Vite vite...* » ne cessait-il de répéter.

Mais une fois passées les dernières portes-écoutilles, ils trouvèrent le compartiment torpille dans un calme paradoxal : il n'y avait là que quelques hommes, venus ici pour y trouver un peu de repos et, après leur quart, échapper au tohu-bohu général. Quelques-uns dormaient même dans de fines bannettes, déroulées au-dessus des torpilles —ces armes longues comme un salon et larges comme un homme— les autres, qui ne dormaient pas, les regardaient passer en silence, avec une méfiance non dissimulée.

Et ça sentait la graisse, l'eau croupie et les vapeurs d'essence et de solvant ; mais surtout, ça sentait la fatigue, et le harassement de ces marins qui espéraient trouver ici un peu de repos.

Au bout de l'étroite coursive qui remontait le long des huit torpilles, perlées de la condensation de l'air sur l'acier, il y avait les deux tubes de lancement dont les extrémités se perdaient dans un labyrinthe de tuyaux et de câbles électriques, dans une forêt de manomètres bien lustrés avec tout autant de petites vannes à main.

Tout avait des allures d'une complication qui ne pouvait que péter d'un moment à l'autre ; voilà que se dirent Hans et la Bête en arrivant au fond du compartiment.

C'est sûr qu'ils avaient trouvé ! Ne restait qu'à trouver où, précisément.

Alors une nouvelle fois, Hans usa de tout ses dons pour chercher la faille vicieuse, la soudure imparfaite ou la petite panne qui provoquerait la catastrophe. Il passa ses mains sur chaque tube, chaque câble et chacune des vannes, tout en serrant le plus de mains possibles, à la recherche de la moindre inquiétude, de la moindre suspicion.

Mais une fois encore : rien de tangible ne se présentait à lui !

Rien ne transparaissait du côté de ces hommes, ni de leur chef, ni de ces matelots endormis que le couple se faisait fort de réveiller en les secouant dans le but de leur serrer les mains... rien non plus de ces machines infernales dont les métaux, nobles et précieux, ne laissaient voir aucun avenir dans le feu ou les explosions.

* * *

— Hans tu vas bien ? demandait la Bête à celui dont elle entendait les propos de plus en plus incohérents.

C'est que Hans devait se faire violence, et surtout, chasser de son esprit la furieuse tentation de vouloir se réfugier dans ses propres souvenirs à lui : le souvenir de ses montagnes, étincelantes, celui, radieux, des paysages de son pays, ouverts jusqu'à l'horizon, dans les senteurs des blés et des forêts... Dorénavant, c'est contre lui-même qu'il devait lutter pour espérer maintenir sa concentration intacte.

« Mais qu'es-ce que je fais ici ?... » se demandait-il à maintes reprises, lui qui rêvait de tranquillité et d'une petite vie paisible ?... À quoi bon tout ça ? À quoi bon vouloir sauver ces marins réfractaires ? Le Diable aurait-il raison de vouloir les tuer tous ?

Cependant, il insistait, et dans un état de quasi-somnambulisme, il tendait toujours ses mains devant lui ; et comme un forcené, il les posait partout, sur chacun mais aussi sur chaque chose.

Sauf que dans son délire, il n'était plus capable d'admettre qu'encore une fois, il avait fait chou blanc : si quelque chose devait exploser dans ce sous-marin, ça ne serait pas ici !

Hans désespérait.

Doublement abattu par l'échec en plus de l'effort de concentration, il ne tenait plus sur ses jambes : ses yeux

61

ne voyaient plus, il n'entendait pas quand on lui parlait, et son équilibre devenait précaire, au point que la Bête devait constamment le retenir, pour ne point s'effondrer devant des matelots de plus en plus perplexes.

— Viens Hans nous n'avons plus rien à faire ici, lui disait-elle à l'oreille, retournons vers le réfectoire, là tu pourras t'allonger.

Mais Hans ne répondait déjà plus, il gémissait en se tenant le front ; ses propres pensées s'étaient perdues dans le chaos de toutes celles qu'il avait sondées ces dernières minutes. Dans cette fange et sans pouvoir démêler l'écheveau de ses pensées, il n'arrivait plus à faire surface !

Sur leur chemin, les matelots des coursives s'écartaient prudemment devant cette fille au regard déterminé, et qui soutenait avec peine ce type moribond, à l'œil hagard.

Mais dans les bras de sa Bête, il y avait quelque chose comme une bouée qui allait devoir sauver Hans de sa noyade : la sensation de la sentir tout contre lui ; ça lui rappelait quand, lors de son voyage dans l'au-delà, elle l'avait aidé à remonter vers le Carrousel [3]. Sauf que cette fois, ça n'est plus ses coups et ses jurons qui le poussaient en avant, mais sa voix douce et rassurante qu'il percevait dans le brouillard.

Au fond de lui, il souriait : à bien des égards, sa Bête, sa jolie Bête, avait changé.

* * *

----

3. *Ibid*

Ils arrivèrent non sans mal au mess quand une voix se fit entendre :

— « у тебя все хорошо ? *Tout va bien ?* » demandait un jeune matelot qui s'était levé pour les aider.

Il avait tendu sa main, bien en avant, pour aller soutenir Hans qui s'effondrait...

Ce dernier la saisit, et malgré sa fatigue, malgré ses idées confuses et la souffrance, il garda la main de l'homme bien serrée contre lui ; il parvint même à se redresser pour regarder le jeune marin au fond des yeux....

Au fond de son âme...

— Sergent Sacha Ivanov, articula-t-il avec peine, vous êtes le sous-officier responsable des silos à missiles !

Et alors que le jeune homme marquait son étonnement, Hans continua : « *Le silo numéro deux, il y a une fuite... une fuite d'acide, c'est ça ?* »

Chapitre V

Fumant Rouge

EN SONDANT l'âme du jeune sergent *Sacha Ivanov*, Hans voyait combien ses jours et ses nuits n'étaient qu'un stress permanent. Et il n'était pas question de la charge nucléaire du missile, dont la radioactivité pernicieuse aurait pu s'échapper et s'instiller dans les compartiments confinés du sous-marin. Non, le cauchemar de ce garçon, c'était le moteur à propergol liquide des lanceurs, et plus précisément, le réservoir de comburant du missile numéro deux dont il suspectait une fuite.

Hans s'était assis avec la Bête à une table reculée du réfectoire. En face d'eux, le jeune sergent s'installait à son tour après être allé chercher pour eux un petit remontant. En tenant fébrilement son verre, Hans buvait lentement, tout en ruminant cette ultime révélation, cette fuite d'acide, sans doute la pièce manquante du puzzle infernal :

— Cet acide... c'est l'acide du réservoir n'est-ce pas ? demanda-il entre deux gorgées.

Très lentement, Sacha fit un « *oui* » de la tête, tellement étonné que ce jeune étranger, assis en face de lui, parût si sûr de lui et au courant de tellement de secrets.

Puis, comme si le jeune sergent devait automatiquement s'estimer coupable d'une quelconque faute —ce qui était courant sous ces régimes de perversion— c'est tout juste s'il arriva à articuler :

— J'en ai parlé à l'ingénieur Sadykov, mais il ne veut rien savoir et...

Mais pour Hans, les suspicions du jeune sergent à propos de cette fuite d'acide ne pesaient pas encore très lourd à l'aune de l'apocalypse qui se préparait. Cependant, après ses échecs au réacteur nucléaire et au poste des torpilles, il n'avait plus que cette piste. Alors plus question de tergiverser : il devait en être sûr !

— Bien, coupa-t-il, alors montrez-nous !

* * *

La perspective d'avoir probablement mis le doigt sur la pierre d'achoppement redonna toutes ses jambes à Hans Jacob. Oubliés les cauchemars et les visions, il se trouvait des ailes ! Et c'est très rapidement qu'ils arrivèrent tous les trois au cœur de l'imposant compartiment à missile.

Quel contraste, après l'étroitesse des coursives et des postes de travail : l'endroit détonnait par son espace et sa hauteur. En majesté, trônaient trois énormes cylindres d'acier, ceinturés par plusieurs étages de passerelles, des kilomètres de câbles et des conduites de toute tailles. Ces trois silos à missiles étaient des monstres, des tube géants de plus de deux mètres de diamètre et qui se dressaient côte à côte sur plus de quatre étages.

En leur cœur, trois fusées étaient prêtes pour un éventuel départ. La première était le missile d'essai, désarmé ; mais les deux autres, tout à fait opérationnelles, étaient chargées de leurs trois mégatonnes de têtes nucléaires et prêtes pour un départ en quelques minutes.

Au pied des silos, se tenaient quelques jeunes marins : l'équipe missile du sergent Sacha Ivanov. Dès qu'il entra, ce dernier fit les présentations et comme précédemment, Hans les salua l'un après l'autre par une franche poignée de main.

Une vision commune fit alors surface : tous partageaient la même inquiétude que leur chef... C'est à dire, cette petite fuite d'acide dans le silo numéro deux.

Cependant, Sacha Ivanov s'était déjà dirigé vers le second silo, d'où il avait appelé deux autres marins à la rescousse. Avec leur aide, il ne fallut qu'une minute pour ouvrir la trappe d'accès donnant sur la base du missile.

Hans et la Bête l'y rejoignirent.

— Attention, dit Ivanov en décollant la trappe de son joint en caoutchouc, il y a des vapeurs d'acide là-dedans.

Et pour appuyer ses dires, il sortit de sa poche un ruban de *papier-pH* lui permettant de mesurer l'acidité.

Il en déchira une bande de quelques centimètres qu'il alla remuer activement au cœur du compartiment après y avoir plongé tout son bras. Quand enfin il retira sa main, il brandit devant lui le papier viré au jaune :

— Regardez, l'air du silo est saturé d'acide, à ce taux-là, il y a quelque chose de pas normal.

— Et ça vient d'où cet acide ? demandait la Bête pendant que Hans examinait le bout de papier.

— Du réservoir supérieur, à six mètres là-haut dans la fusée. Il contient de *l'acide nitrique fumant rouge* qui est le comburant du moteur. Normalement, le réservoir est conçu pour résister aux attaques de l'acide, mais s'il y a de telles vapeurs dans le silo, ça veut dire qu'il y a une fuite quelque part.

— Et c'est ça que vous avez montré à l'ingénieur Sadykov ? demanda Hans.

— Oui, mais il ne veut rien entendre ! Écoutez, je me trompe peut-être, mais je reste inquiet.

Alors que les marins commençaient déjà de remonter la trappe, Hans se retourna vers la Bête pour lui glisser à l'oreille :

— Si ça se trouve, on a peut-être mis le doigt sur le problème.

— Mais il faudrait en être sûr, répondit-elle, le temps passe, je te signale !

Alors Hans tendit la main vers les marins !

— Attendez, vous permettez que j'aille y jeter un œil ?

De nouveau, les hommes d'équipage retirèrent la trappe pendant que Hans s'allongeait à même le sol devant l'entrée : un passage d'à peine un demi-mètre vers lequel il rampa sur le dos dans l'espoir de s'introduire le plus loin possible vers la base de la fusée.

— Mais vous êtes fou ! protestait Sacha Ivanov en le voyant entrer son torse dans le silo, ces vapeurs vont vous bouffer les bronches !

Hans se masqua la bouche et le nez, mais continua en poussant sur ses jambes, jusqu'à tendre son bras vers la base du lanceur, vers l'une des quatre tuyères qu'il n'arrivait toujours pas à atteindre de sa main...

Il allongea son bras au maximum, et tendit son doigt...

En fermant les yeux, il chercha à réunir tous ses talents pour comprendre ce qui pourrait advenir avec cette fusée : il s'imprégna du métal qu'il touchait du bout du doigt, s'évertuant à *lire* son passé autant que son avenir, déportant son esprit jusqu'au bord du *Carrousel*, là où il pouvait discerner les événements sur une autre dimension...

Vers le passé... mais aussi vers le futur !

Dans son esprit, c'était un défilé de mille opérations sans queue ni tête, des assemblages, des démontages, des mises à feu et des essais ; des remplissages d'ergols, des opérations d'entretien... ce missile faisait l'objet de tellement de soins.

À l'entrée du silo, ne dépassaient que ses jambes. Sacha Ivanov était plus qu'inquiet et fit des signes aux autres matelots pour le tirer de là. Mais la Bête s'interposa :

— Laissez-le, il sait ce qu'il fait !

À l'intérieur du silo, les secondes passaient dans des vapeurs d'acide. Dans sa recherche, Hans eut enfin la vision d'une minuscule fente, à la base du réservoir d'oxydant, au niveau de la jonction avec la vanne de vidange.

Une très petite fente, mais il voyait l'acide nitrique rouge qui s'en échappait par minuscules jets de vapeurs orange. Il voyait aussi la fente qui, sous les vibrations, s'allongeait, s'ouvrait jusqu'à devenir béante et laissait l'acide du réservoir s'écouler dans un flot irrépressible.

Il avait touché du doigt ce qui allait faire naître « *l'apocalypse du Diable* ».

* * *

— Hans, ça va bien ? s'inquiétait la Bête depuis le dehors.

« *Mmhhh mmhhh...* » fit ce dernier sans retirer la main de sa bouche, et les trois marins le sortirent aussitôt de là.

Dehors, Hans eut à peine le temps de se relever qu'il reçut aussitôt un seau d'eau en pleine figure :

— Il faut retirer l'acide, lui dit Sacha, ou sinon dans quelques heures vous serez brûlé au second degré, on va vous amener à la douche !

— Non, attendez, interrompit Hans encore dégoulinant, donnez-moi votre main !

— Mais, et l'acide ?

Hans insista, et en tendant une main vers le jeune marin et l'autre vers la Bête, il leur dit à tous les deux :

— Fermez les yeux, tant que ces visions sont fraîches, je peux essayer de vous montrer ce qui va se passer.

Le jeune Sacha Ivanov était dubitatif, et hésitait à mettre sa main dans celle de cet étrange personnage, ce... magicien de foire.

— Donne ta main et ferme tes yeux, commanda la Bête en lui empoignant le bras.

Hans demanda le silence « ... *et concentrez-vous, vous allez voir ce que moi, j'ai vu !* » puis, fermant les yeux, il rassembla tout son esprit pour faire passer en eux les images du *futur* qu'il avait saisies au cœur du silo.

Ça ne dura pas plus de quelques secondes avant que le sergent ne retirât violemment sa main : il recula et se prenait le poignet en criant de douleur, comme si sa main sortait d'un feu de braises.

Ses deux autres collègues se portèrent immédiatement à ses côtés pour le soutenir alors que lui, les yeux exorbités, bredouillait :

— Le réservoir... le réservoir va céder, c'est ça ?

— Oui, répondit Hans, sous l'effet des vibrations causées par le départ du missile d'essai.

« *Mais que se passe-t-il, chef ?* » demandaient les deux autres marins.

— La fente... Il y a une fente sur le réservoir d'acide, continuait de balbutier le jeune Sacha, elle va s'ouvrir et l'acide va se déverser sur le réservoir inférieur, ronger la tôle et... au contact du comburant, les deux vont s'enflammer et tout va exploser !

— C'est vraiment ça qui va se passer ? demanda à son tour la Bête.

— Oui dans quelques heures, dès que les panneaux de contrôle seront réparés et qu'on procédera au lancement !

— Seulement dans la mesure où le missile d'essai décolle, répondit-elle, mais il suffirait qu'il ne parte pas !

— S'il ne part pas ? Vous savez très ce que ça veut dire, lui rappela Hans en chuchotant.

— Ah oui ! en effet, fit-elle en serrant les lèvres.

* * *

Hans et la Bête se rapprochèrent des jeunes matelots en grande discussion. Ils avaient l'air effrayés, terrorisés par les révélations du sergent Ivanov dont ils mesuraient très bien la portée.

Ce dernier se tourna vers Hans pour demander :

— Mais que pouvons-nous faire ? l'ingénieur Sadykov est tellement obtus qu'il ne nous écoutera jamais !

— On pourrait essayer de le convaincre, suggéra la Bête, Hans, fais-lui le coup de la main !

— Non, je n'arriverai pas à lui faire passer cette *vision*, répondit ce dernier, son esprit s'est verrouillé sur sa mission, et aussi contre moi : il va se bloquer, ça ne marchera pas.

— Et si on colmatait la brèche ? continua-t-elle.

— Aucune colle ne résisterait à l'acide, répliqua Sacha Ivanov.

— Une soudure de la brèche, on a ce qu'il faut, essaya un des matelots.

— Pas question d'une soudure là-dedans avec un réservoir plein.

Puis tout le monde marqua une pause, leurs sourcils bien hauts. Chacun dans sa tête, cherchait une solution, refusant l'inéluctable, refusant de baisser les bras...

72

— Eh bien alors... je ne vois pas, fit la Bête, annonçant par avance, ce que tous les autres pensaient tout bas.

Et en effet, devant ce défi, ce nœud gordien de l'apocalypse, personne ne semblait pouvoir dénicher l'amorce d'une solution. Avec une certaine curiosité, la Bête les regardait tous qui se frappaient le front, se tordaient la mâchoire, se prenaient la tête entre les mains...

— J'ai une autre idée, avança enfin Hans : si on vidangeait le réservoir... juste pour la durée du lancement ?

Après une seconde de réflexion, le sergent Ivanov acquiesça :

— Ça serait l'idéal, mais c'est une opération qu'on fait normalement hors silo.

— Hors silo ? demanda la Bête...

— Oui, c'est-à-dire qu'on retire le missile de son silo, c'est seulement à l'extérieur qu'on vidange ses réservoirs.

— Ah, s'inquiétait Hans, il n'y a vraiment pas moyen de vidanger le réservoir sur place ?

— Oui mais vous avez vu l'espace là-dedans ? expliquait Sacha, il faudrait se faufiler entre le missile et le silo pour brancher un tuyau et ouvrir la vanne de vidange. Mais c'est tellement étroit, et tellement dangereux, qu'on ne trouvera jamais personne pour s'y introduire, personne !

Chacun avait baissé les yeux.

Hans serrait le poing, de se trouver aussi près de la solution tant recherchée, sans pouvoir la mettre en œuvre ; de leur côté, les marins se mordaient les lèvres, les yeux levés vers le missile, mesurant toujours plus l'impasse mortelle où ils se trouvaient tous engagés. Un immense sentiment d'impuissance les saisit tous, en même temps qu'un grand silence se faisait : on n'entendait plus que le bruit sourd habituel des machines, le ronronnement des ventilations, et la faune magique des fluides qui couraient dans leur forêt de tuyaux.

Et puis dans le silence, une tout petite voix émergea : « Я пойду ! *Moi j'irai !* »

* * *

C'était la Bête, vers laquelle ils se retournèrent. Dans ses yeux, Hans vit tout de suite qu'elle venait de faire un choix terrible. Après tout, elle aurait très bien pu laisser la situation s'enfoncer vers *l'alternative du Diable*, et voir ces marins tués par son maître —et elle, qui en était le bras armé—. Mais non, son regard et ce petit sourire qu'elle affichait à l'intention de ces gars, témoignaient de son attachement à leur cause : leur petite cause d'humains face à l'inéluctable de la catastrophe, son attachement à ce qui était leur rébellion.

Il y eut un moment de flottement...

Hans, déjà inquiet, protesta immédiatement : « *Attendez, non... je ne le sens pas... c'est trop dangereux !* » mais voilà que les marins autour de la Bête, regardaient cette dernière en balayant de haut en bas sa fine —autant que jolie— silhouette !

En se tenant le menton, le sergent Ivanov déclara alors :

— Ça peut marcher...

74

La Bête fit un gentil sourire à son Hans, sidéré, et s'éloigna en compagnie des garçons. Déjà, Sacha Ivanov lui expliquait avec des gestes, les détails de l'opération :

— On va vous vêtir d'une combinaison de protection avec gants et masque. Avec mes gars, on va préparer tout ça, les tuyaux et l'accès par le haut du silo, revenez dans une petite heure mademoiselle et tout sera prêt.

* * *

Une heure !... ça laissait le temps à Hans et la Bête de regagner le carré des officiers. Hans grommelait... la Bête souriait dans son dos.

Mais le mess était désert, et c'est une musique dans les coursives qui guida leurs pas vers le réfectoire de l'équipage, d'où émanait maintenant une chaleureuse ambiance.

C'est là que tout le monde s'était retrouvé : une bonne partie des officiers ainsi que de l'équipage, tous serrés les uns contre les autres avec un verre à la main. Certains avaient sorti leur Balalaïka, et même un banjo, donnant déjà leurs premières notes.

En faisant leur entrée parmi la foule qui se serrait dans le réduit, Hans et la Bête apprirent qu'un moment de détente avait été accordé par le pacha. D'ailleurs, ce dernier terminait justement son discours : « *... et Moscou, très satisfait de l'avancement de nos réparations, vient de câbler qu'ils souhaitent le lancement du missile dans une dizaine d'heures.* »

Dans les applaudissements et les *Hourra !* Hans et la Bête se regardèrent : dorénavant le temps pressait ! Mais du fond du réfectoire, au côté du commandant Dobrynine, le Diable les apercevait au travers de la foule, et levait son verre en les hélant :

— Ah les enfants ! Venez, on a le temps de faire la fête avant le gueuleton, ah ah ah !

Comme par instinct, la Bête se dirigeait déjà vers son maître, mais Hans la rattrapa par le bras :

— Attendez, ne vous approchez pas trop de lui, je ne veux pas le laisser deviner nos projets.

La Bête, se prenant au jeu de son Hans, plissa les yeux :

— T'as raison mon Hans, gardons nos distantes, mais par contre, on pourrait s'occuper de l'ingénieur, regarde, il est là !

Hans acquiesça, lui aussi en plissant les yeux, et rejoignit la table où l'ingénieur Sadykov était en grande discussion avec le second.

En le voyant arriver, ce dernier demanda aussitôt :

— Camarade Jacob, votre rapport des événements est positif, j'espère ?

— J'ai encore quelques doutes, répondit Hans qui s'asseyait en face de Sadykov, camarade ingénieur, nous avons appris que le sergent Sacha Ivanov vous avait fait part de fuites d'acide dans le silo numéro deux.

L'ingénieur se redressa et répondit sèchement :

— Le sergent-chef Ivanov n'a pas les compétences requises. Il ne sait pas qu'il y a toujours des vapeurs acides dans les silos : les graisses sont acides, la condensation est acide, et ne parlons pas des résidus de remplissage, tout ça, c'est normal... Je ne sais pas de quelle école il sort, mais il oublie parfois que nous avons la technologie la plus sûre et la plus moderne au monde.

Pendant ce temps, à l'autre bout du réfectoire, un mini orchestre s'était installé autour de Satan, qui même dans un espace si réduit, voyait l'occasion d'un nouveau spectacle à guichet fermé.

Les premières notes nostalgiques sortirent de la Balalaïka, en même temps que Hans se glissait en avant pour répondre à Sadykov :

— Ces technologies, comme vous dites, sont instables et…

— Sauf votre respect camarade, l'instabilité est la force du progrès : le gaz, le pétrole explosent et c'est la maîtrise de cette explosion qui nous procure leur énergie. Il en est de même pour le nucléaire, sa puissance est basée sur la maîtrise, par notre science, de son instabilité naturelle.

En donneur de leçon, Sadykov bomba le torse, en même temps que le Diable bombait le sien et gonflait sa voix. Dans un silence religieux, son chant le plus grave remplit magistralement la salle :

О скалы грозные дробятся с ревом волны,
И с белой пеной крутясь бегут назад,
Но тверды серые утесы,
Выносят волн напор над морем стоя. [1]

---

[1] (Rimski-Korsakov : Chant Viking de Sadko)
Ô formidables rochers, vous voilà fracassés par les vagues,
et leur blanche écume qui tournoie,
mais solides sont les falaises grises,
debout elle résistent à la mer

De nouveau, Hans se pencha vers l'ingénieur en chuchotant :

— La nature nous a appris à nous méfier d'elle, n'avez-vous donc pas d'instinct pour vous avertir d'un "trop de confiance" de votre science ?

— Ah ah... la nature, camarade, ne demande qu'à être domptée, elle est imparfaite, à nous de finir le travail. Quant aux instincts auxquels vous faites allusion, ils nous feraient périr si justement, il n'y avait pas la *Raison Scientifique*.

Il brandissait son doigt bien haut, comme s'il en référait à ses dieux. Et Satan entamait le deuxième couplet :

От скал тех каменных у нас, варягов кости,
От той волны морской в нас кровь руда пошла,
А мысли тайны от туманов,
Мы в море родились, умрем на море[2]

En respirant fort, Hans attendait de pouvoir répondre à l'ingénieur :

— Je suis désolé mais je pense que c'est cette pseudo raison-scientifique, qui risque de nous faire périr sous le feu de la bombe nucléaire.

Sadykov s'énerva :

— La bombe est l'outil de création d'un nouvel ordre, un ordre basé sur la prééminence de l'homme et de sa science sur le passéisme et les forces rétrogrades camarade !

---

2. Pour nos maisons, Varègues, nous avons pris ces rochers,
   En nous, le sang de cette mer,
   Et pour nos âmes, le mystère de ces brumes.
   Nous sommes nés dans la mer, nous mourrons dans la mer

Puis, sans attendre de réponse, l'ingénieur pointa son doigt vers Hans en rajoutant :

— N'oubliez pas, jeune homme, que pour édifier *vos* églises, vos ancêtres ont dû araser des collines à coup de pioche, de bulldozers, mais aussi d'explosifs !

Du fond de la salle, la voix de Satan arrachait des larmes aux marins les plus endurcis par des mois, des années de missions, dans les mers gelées du nord.

Мечи булатны, стрелы остры у варягов,
Наносят смерть они без промаха врагу,
Отважны люди стран полночных,
Велик их Один бог, угрюмо море. [3]

Et alors que la salle applaudissait à tout rompre, Sadykov rajouta en s'énervant :

— Camarade Jacob, n'oubliez pas que si l'homme a créé ses outils, c'est pour s'en servir d'une manière ou d'une autre...

Et se levant, haut et fort il déclama devant tout le monde :

— Notre bombe est l'outil de création d'un monde nouveau qui fera sortir les peuples de l'obscurantisme. Alors tôt ou tard... la bombe doit servir, vous entendez camarades, pour notre gloire et la gloire de l'URSS, notre bombe doit servir !

Les applaudissements redoublaient, même Satan affichait un très large sourire, et abandonna son cigare pour applaudir à tout rompre en multipliant les

---

3. Les épées sont en damas et les flèches tranchantes.
   À l'ennemi, elles infligent une mort certaine.
   Braves gens des pays de minuit,
   Grand est leur Dieu, sombre est leur mer.

« *Bravo, Bravissimo !* » et pour lever son verre à la gloire de l'ingénieur-missiles.

* * *

Hans ne resta pas assis plus longtemps à la table de Sadykov : estimant qu'il n'y avait rien à tirer de ce dernier, il salua promptement avant de s'éloigner avec la Bête.

— Il m'énerve cet ingénieur qui se prend pour Dieu, lui confia-t-il dans le brouhaha, puis en désignant Satan du menton il rajouta : je me demande parfois s'il n'a pas raison de vouloir les tuer tous !

Et la Bête se retourna pour voir son Maître qui, à l'autre bout de la salle, serrait joyeusement les mains de ces marins, en se demandant surtout pour chacun d'eux, comment il allait les faire périr.

— Mon Hans, que les hommes se prennent pour le créateur n'a jamais posé le moindre problème, bien au contraire. Ce que le Diable ne supporte pas, c'est qu'en voulant se prendre pour Dieu, les hommes se prennent en fait pour lui !

Chapitre VI

Laminoir

SATISFAIT de l'avancement des travaux, un gueuleton avait été offert par le commandant. Les officiers
avaient donc rejoint leur carré, où on leur servit un
menu de fête ainsi que de nombreux alcools.

À maintes reprises, Satan fut convié à reprendre des
chants de marins, des chants débordant de la nostalgie
russe qui berçait le cœur de ces hommes. Tout le monde
écoutait la magie de sa voix qui les portait loin jusque
chez eux, jusqu'à leur enfance dans les steppes ou au
bord des rivières sauvages de Sibérie.

Avec sa jouissance habituelle, le Diable chantait en
fait ce qui était leur requiem !

Hans et la Bête avaient préféré rester à l'écart —et
surtout le plus possible éloigné de lui—. Par consé-
quent, sous le prétexte de terminer leurs vérifications,

ils s'excusèrent de ne pas participer au banquet et saluèrent le commandant Dobrynine. Avant de se retirer, Hans lui glissa discrètement :

— Vous avez noté que le *Colonel Carusov* apprécie tout particulièrement votre table et vos alcools, ça le met toujours en très bonne disposition... pour ses rapports !

Et avec un petit sourire, le commandant se tourna vers l'autre bout de la table, où le Diable accueillait les plats à bras ouverts, les lèvres brillantes, les yeux ronds, avec la ferme intention de se goberger plus que son soûl !

Il répondit à Hans par un petit clin d'œil.

* * *

Et les voilà, encore une fois, à pas rapides dans les coursives maintenant tranquilles, jusqu'au compartiment des missiles où le sergent Ivanov et ses camarades avaient préparé l'intervention de la Bête : une périlleuse opération au cœur du silo numéro deux.

— Vous voulez vraiment le faire ? lui demanda Hans tout en l'aidant à enfiler sa combinaison.

Mais la Bête était déterminée.

Alors avec Ivanov, ils montèrent sur la plus haute passerelle, où une trappe du silo avait été déboulonnée. Ayant ainsi accès aux étages supérieurs du lanceur, un treuil manuel devrait la faire descendre dans l'interstice entre la fusée et fût de lancement.

Hans regarda un moment par cette trappe : l'imposant missile balistique, telle une fusée lunaire, se dressait sur plus de dix mètres de haut dans son silo d'acier ;

un imposant cylindre de plus de deux mètres de diamètre qui partait de puis le fond du sous-marin et s'élevait ainsi jusqu'au sommet du kiosque.

Quelques mètres en contrebas, sur la fusée, on pouvait voir une petite trappe boulonnée : c'est cette petite ouverture qui donnait sur la vanne de vidange du réservoir d'acide nitrique. Par contre, l'espace entre le missile et la cloison était si faible, que Hans douta un instant que la Bête parvînt même à s'y glisser.

— Et qui d'autre le ferait ? répondait cette dernière après avoir elle aussi jeté un œil par la trappe, et en plus, mon Hans, tu oublies que j'ai quelques talents.

— Je ne le sens pas bien... j'ai peur pour vous.

— T'inquiète pas, et arrête de faire cette tête, embrasse-moi plutôt !

Hans voulait lui faire part de ses craintes, ses visions troubles, mais ils échangèrent surtout ce baiser : un long baiser qui sembla emplir la Bête de bonheur, et des vertus d'un fluide magique.

Et puis Sacha Ivanov arriva avec un masque : une plaque de verre dans un caoutchouc très raide. *« Il est temps ! »* leur dit-il.

Et alors que le sergent s'appliquait à poser cet accessoire sur le visage de la Bête, Hans revint avec une corde, s'agenouilla et commença de la nouer à la cheville de la Bête.

— Eh ! Mais que fais-tu ? protesta cette dernière.

— Je ne sais pas... répondit-il en levant vers elle un regard inquiet, c'est pour vous ramener en cas de problème !

— Pour me ramener !... par le pied ? fit-elle en riant.

— Pour vous tirer par le bas au cas où, répondit Hans avec quelque inquiétude dans la voix.

— Mais regarde, dit-elle en lui montrant un mousqueton accroché à sa ceinture, on va me descendre par la trappe du haut et on va me sortir par le même endroit, je n'ai besoin de rien à la cheville.

— Elle ne vous gênera en rien...

— Hans retire-moi ça... ça m'embête.

— Mais non, quand vous serez dans le silo, la corde pendra dans le vide jusqu'en bas, elle ne vous embêtera pas du tout.

— Elle va me gêner, je te dis... je sens qu'elle va me gêner... et si je reste accrochée en remontant hein, hein, dis ?

Mais Sacha coupa court : « *Cessez de vous chamailler, il est temps...* » et à son tour, il accrocha un filin d'acier au mousqueton, et mit la Bête en tension sous le treuil.

— Voilà, glissez-vous par l'ouverture et laissez vous descendre, on vous passera le tuyau de pompage une fois que vous aurez déboulonné la trappe de vidange.

La Bête s'exécuta, sans manquer de pester sur la corde toujours attachée à ses pieds et que Hans avait préalablement déroulée dans le silo. Elle se faufila ainsi doucement dans l'étroit espace qui séparait le missile de son enveloppe d'acier.

Mais pour parvenir à se glisser dans le vide, il lui fallut rentrer son ventre, et vider ses poumons. Malgré ses efforts, sa combinaison raclait quand même à grand bruit contre les parois.

Quand ce fut le tour de sa tête de pénétrer là dedans, il n'y avait même pas assez de place pour la garder droite. C'est seulement en la tournant sur le côté, les oreilles frottant sur la tôle, qu'elle arriva à s'immiscer toujours plus bas dans le faible espace.

Sa respiration fut très vite limitée par la compression de ses poumons contre le fût, et en plus, elle se trouvait contrainte de garder ses deux bras écartés sur les côtés sans pouvoir les ramener au-dessus de sa tête. À la rigueur, pouvait-elle en lever un, mais certainement pas les deux ensemble.

Même pour elle, l'espace était on ne peut plus restreint... un véritable laminoir.

Mais, à la grande satisfaction du sergent Ivanov qui contrôlait sa descente, elle arrivait à progresser en se laissant glisser le long du fût, évitant par la droite ou la gauche, quelques tubes et autres obstacles.

Et enfin : « *Vous y êtes !* » lança Sacha.

* * *

En effet, la Bête avait le visage en plein devant la trappe, qu'elle découvrait au travers de son masque déjà rempli de la buée de ses efforts.

Tout de suite, elle remarqua un très léger filet de vapeurs ocre qui s'échappaient par les joints : Hans avait donc vu juste, c'était donc bien là ! Et puisque sa main gantée avait trouvé la clé idoine dans sa poche, elle releva le bras et commença de dévisser un à un les quatre boulons de la trappe.

— Celui-là est bloqué, dit-elle au bout d'une minute.

— Ça doit être les vapeurs d'acide qui ont bouffé le filetage, lui disait Hans, il faut forcer, tant pis si ça casse.

« *Forcer, forcer, facile...* » grommelait-elle, sauf que, suspendue à son filin, la Bête n'avait aucun point d'appui pour exercer un tel effort ; elle se démenait comme elle pouvait : ses pieds cherchaient des prises pour se bloquer, sa main glissait contre l'acier... en vain, le boulon résistait toujours.

Mais soudain au-dehors, c'est la porte d'accès du compartiment des missiles qui s'ouvrit. C'était l'ingénieur Sadykov qui, en compagnie du Second, faisaient leur entrée en grande conversation dans le hall !

* * *

— Vite vite, mettez-vous sur le côté, glissa Sacha à Hans pour le cacher du regard des officiers. Et tout de suite après, il se pencha vers la Bête pour lui chuchoter : « *On vient... ne faites plus un bruit !* »

En bas, la voix du second l'appelait : « *Ivanov... Camarade Ivanov...* »

— J'arrive, répondit ce dernier en se laissant glisser sur l'échelle de la passerelle.

— Ah ! Ivanov, il faut qu'on vous parle, à propos du tir de tout à l'heure...

— De tout à l'heure ? répondait-il inquiet.

— Oui, l'électronique du poste de commande fonctionne de nouveau alors...

Une fois arrivé près de ses supérieurs, le jeune homme fit le nécessaire pour détourner leur regard, et surtout, pour les entraîner vers la sortie :

— Euh... c'est que j'allais justement au central pour vérifier les connexions avec le missile, peut-être pourrait-on en parler là-bas ?...

Par chance, tous les trois sortirent.

* * *

De son côté, la Bête n'en pouvait déjà plus : ses bras et ses jambes étaient à la limite de la crampe, et à cause de la buée, sa vue était réduite à pas grand chose.

Avec la tête constamment tenue sur le côté, elle avait du mal à opérer à sa guise et, cerise sur le gâteau, voilà que sa petite clé de treize lui échappait constamment de ses gants trop larges et totalement inadaptés.

Si Hans n'avait pas eu l'idée de nouer une longue ficelle entre sa ceinture et la clé, cette dernière se serait déjà retrouvée plus d'une fois au fond du silo. Par contre, quand celle-ci pendouillait au bout de son fil, ça n'était vraiment pas simple de la récupérer d'une seule main !... S'il y avait bien quelque chose d'énervant pour la Bête...

Ainsi donc passaient les minutes : insupportables !

Dans sa combinaison, la Bête n'arrivait maintenant plus à respirer, et elle acceptait de moins en moins de se retrouver à ce point confinée dans ces odeurs de graisse et de caoutchouc...

N'y pouvant plus, elle retira le masque, et avec ses dents, elle arracha aussi ses gants !

Enfin, elle pouvait tourner la tête et examiner son travail. Elle pouvait aussi entendre Sacha qui sortait avec les officiers. Alors elle put se mettre à la recherche d'un appui pour ses pieds, s'armer de la clé sur le dernier écrou, celui qui résistait encore, et enfin, faire l'effort nécessaire à son déblocage.

Après quelques tours, la trappe céda !

* * *

— Je l'ai, cria la Bête, envoyez le tuyau de vidange !

Au-dessus d'elle Hans ne savait trop que faire sans le sergent qui l'avait laissé là. Mais d'en bas, un des marins lui fit des signes pour lui montrer le tube de vidange lové quelques mètres à ses pieds. Hans se précipita et fit immédiatement descendre le tuyau par la trappe, vers la bête qui attendait impatiemment : « *Vite, fais-le descendre... encore, encore...* »

Mais sans que Hans puisse le deviner, au-dessous de lui, la Bête s'était retrouvée dans une brume de pur acide.

Chaque seconde, les vapeurs corrosives se déposaient sur la peau de son visage, lui rentrait par les narines, ruisselait maintenant sur ses mains et glissait dans son bras...

Alors elle serrait les dents et fermait les yeux pour attraper, à l'aveugle, le tuyau qui arrivait sur elle. Et quand il fallut brider le tube sur la vanne, elle dut se hisser de quelques dizaines de centimètres, et du même coup, offrir tout son cou aux vapeurs corrosives.

Le liquide devenait brûlure... Mais elle se retenait de crier : il fallait finir !

Elle n'envisagea même pas de se transformer en la puissante Bête qu'elle était dans l'au-delà : sa masse, sa puissance aurait tout détruit du silo et révélé sa présence maléfique.

Ça, elle ne le voulait pas.

Enfin, le tube fut solidement verrouillé ; il ne lui restait plus qu'à actionner la vanne de vidange. Mais à ce moment-là, l'effort exercé sur la fragile soudure fut tel, que la minuscule fente se déchira et s'élargit encore plus : un jet continu d'acide sous pression s'échappa de la fente et l'enveloppa dans son nuage orange.

Toute Bête qu'elle était, elle n'en était pas moins de chair ! Chair qui se faisait maintenant dévorer par le pire des acides : il l'attaquait de partout, rongeait sa peau autant que sa bouche et ses poumons. Elle aurait voulu hurler de douleur... qu'elle ne le pouvait déjà plus.

* * *

C'est quand il sentit l'odeur âcre de l'acide nitrique lui prendre les narines, que depuis là-haut, Hans comprit ce qui se tramait.

Il se pencha, appela... et vit, plusieurs mètres en contrebas, la Bête perdue dans un épais nuage d'acide... Elle ne bougeait plus !

« Mon Dieu, non... »

En hurlant, Hans avait appelé les autres marins à la rescousse, et commençait déjà de tirer sur la chaîne du treuil de toutes ses forces.

Mais il avait beau peser de tout son poids, rien ne bougeait, et même avec l'aide rapide des matelots, il fut évident que quelque chose bloquait la remontée de la Bête...

Son intuition avait vu juste, sa Bête se retrouvait bloquée dans le silo, au cœur d'un nuage d'acide.

En trombe, il descendit alors jusqu'à la base du missile où, avec deux autres marins, ils ouvrirent en urgence la trappe d'accès... des vapeurs rouges en sortirent aussitôt !

Alors, Hans attrapa un masque à gaz, enfila des gants, et se glissa à son tour à la base du lanceur. Dans le brouillard, la cordelette pendait à quelques mains de la sienne... il s'étira le plus possible, rentrant au maximum dans le faible espace... rageant, pestant d'avoir cette corde si proche, mais sans pouvoir l'atteindre !

Et là-haut, la Bête qui se faisait lentement dévorer !...

Enfin, après un dernier effort, il finit par attraper la cordelette attachée à la cheville de la Bête, dont il avait deviné l'intérêt mais, hélas, qu'il avait vue trop courte !

* * *

Après de longues minutes, l'équipe arriva enfin à descendre le corps de la Bête jusqu'à la base du silo. Les deux marins qui étaient venus à la rescousse, ainsi que Sacha Ivanov, de retour du central, pouvaient maintenant voir sa chaussure qui dépassait de la trappe, inerte... le cuir fumait déjà !

De la tête, ils faisaient un *non* qui en disait long.

Mais Hans pointa du doigt un gros sac en plastique posé sur la rambarde, qu'il déplia à toute vitesse avant de sortir complètement la Bête du silo, et de l'y allonger.

Entre ses mains, elle se trouvait dans un terrible état : inconsciente, son visage, son cou et ses mains à vif... tout était en sang, du sang qui coulait même entre d'étranges écailles qui apparaissaient sur sa peau brûlée. Comme si la femme dévorée par l'acide, n'arrivait plus à contenir la Bête qu'elle avait aussi en elle.

Hans le savait, et il se dépêcha d'enrouler sa Bête dans le sac pour la dérober au regard des marins.

— Ne faites pas ça, lui conseillaient-ils, le plastique va lui coller à la peau et ça sera pire que tout...

— Si toutefois, elle pouvait s'en sortir... rajouta même l'un d'eux.

Hans l'avait prise dans ses bras et annonça, effaré : *« Elle ne respire plus ! »*

* * *

Plusieurs minutes après, sous l'eau de l'étroite douche qui tombait en fine pluie au-dessus de lui, Hans s'était accroupi... de désespoir.

Il avait tourné le dos au corps de la Bête... qu'il n'avait pu ranimer : elle gisait inerte dans le brouillard, son corps sans vie, allongé, défait, et abandonné à lui-même sur le film de plastique ouvert.

Hans l'y avait déshabillée, fait couler à l'excès de l'eau sur tout son corps pour la laver du terrible acide rouge qui s'était immiscé partout et qui la rongeait encore. Le voilà qui finissait de ruisseler dans le bac de la douche, en fins filets couleur de sang.

Mais aucun mouvement, aucune respiration... aucune vie n'était revenue en elle.

Pourtant, il l'avait appelée, l'avait prise dans ses bras, massé son cœur et insufflé de l'air par ce qui lui restait de lèvre... rien n'y avait fait. Il s'était alors retourné, ne supportant plus cette vision de sa Bête dont le visage, les mains, et presque tout son corps se trouvaient dévorés par l'acide.

Puis il s'était pris la tête entre les mains, elles-mêmes déjà brûlantes, et ressassait son amère défaite.

Jamais il n'aurait dû accepter le sacrifice de sa Bête, pour lui, pour eux... pour ces hommes, et même pour Satan : celui-là aurait dû achever son œuvre et couler le navire avec toutes ses âmes. Quelle bêtise d'avoir voulu relever ce défi stupide de sauver cet équipage... et quelle vanité de s'être cru capable de sauver la planète entière du cataclysme !

Non seulement, aucun de ces hommes ne valait l'être exceptionnel qu'il venait de perdre, mais en plus, leur sort était maintenant scellé, puisque le Diable n'avait plus d'autre alternative que de couler le sous-marin, et de faire disparaître tout son équipage.

Anéanti par la perte de la jeune femme, celle qui était aussi un peu *sa* Bête, Hans n'osait plus bouger, n'osait même pas imaginer la suite... la suite avec ce corps gisant derrière lui.

Un immense sentiment de lâcheté l'envahissait : il attendait dans ses larmes... peut-être tout simplement, que le sous-marin coule.

Et lui avec.

* * *

Mais dans le brouillard de la douche, une forme se releva lentement.

Dans le bruit de l'eau et de ses propres sanglots, Hans n'entendait rien, ne voyait rien de l'étrange métamorphose qui avait lieu dans son dos.

Et quand, enfin, il eut l'intuition qu'il y avait quelque chose, il la devina debout derrière-lui...

Femme ou bête ?...

Alors lentement, lui aussi se redressa sans cesser de regarder la cloison devant-lui ; il se releva, inquiet, tétanisé, effrayé par ses pensées... Puis, tout aussi lentement, lui aussi se retourna vers... elle.

Parce que c'était elle qui se tenait là, devant-lui, femme, nue et magnifique, seulement vêtue de son éternel collier noir, et ruisselante d'une eau claire qui courait sur toute sa peau.

Elle avait ses grands yeux ouverts comme jamais et qui ne cessaient de chercher son regard à lui. De partout, sa peau était parfaite, comme peinte avec le plus beau des glacis, comme sculptée dans l'albâtre le plus fin...

Et sans doute trop parfaite pour être... vraie.

La Bête le sentait bien : elle le voyait dans les yeux de l'homme : ce mélange de fascination et d'inquiétude, d'admiration et de crainte, d'attirance, mais aussi de frayeur.

Mais ses yeux à elle criaient, hurlaient combien elle était femme ; et dans son cœur, elle avait l'immense crainte qu'en retour, les yeux de son Hans ne lui disent qu'elle n'était qu'une *chose*... une étrangeté,

Et surtout *une Bête*.

Il n'y eut pas le moindre clignement de ses paupières : elle était totalement happée par la *question* de savoir comment cet homme, qu'elle aimait, allait la *voir*, qu'elle se jura à elle-même, qu'à la première grimace de son Hans, à la plus petite note d'effroi de sa part, elle se laisserait mourir aussitôt.

Mais non...

Elle voyait des larmes qui coulaient sur les joues de l'homme : il implorait son pardon, sans arriver à en prononcer les mots. Il la trouvait merveilleuse, et lui un pantin ridicule ; elle, si grande, tellement superbe et forte... alors que lui, minable, et surtout indigne de la main qui venait maintenant se poser sur sa joue.

C'est à peine si, à son tour, il osait monter ses doigts vers son bras et caresser sa peau si magnifiquement lisse...

Elle l'y aida du regard.

Alors sa main remonta vers son épaule... elle ferma les yeux en y inclinant la tête.

Elle remontait dans son cou... elle soupirait d'y abandonner sa nuque.

Et puis elle esquissa un sourire, tendit sa main vers le torse de Hans, et descendit pour relever le débardeur imbibé d'eau qui lui collait à la peau. Il le retira en levant les bras, et voilà les deux qui se découvraient l'un et l'autre : elle, inclinait son regard, qui semblait suivre un fil invisible parcourant les lignes du corps de l'homme. Et lui, suivait des yeux la courbe de ses épaules, l'arrondi de ses seins et la douce inclinaison de ses hanches.

Elle tendit ses mains vers les épaules de Hans ; de quelques touches délicates de ses doigts, elle l'attirait à elle... il approchait doucement ; puis elle releva le visage pour l'embrasser, sentir sa peau sur ses joues, ses lèvres sur ses lèvres, et sa bouche qui goûtait à elle, comme on goûte à un nouveau fruit.

Elle fermait les yeux et se laissait envahir de ce baiser, et de cette bouche qui désirait la connaître au plus près, de ses lèvres dans son cou, de ses mains qui enveloppaient ses hanches et remontaient dans son dos.

« *Connais-moi... Apprends-moi !* » semblait dire tout son être.

« *Que tes lèvres et ta bouche me disent enfin qui je suis.* »

Et l'homme lui disait tout ça.

Chacun de ses baisers, chaque caresse de ses lèvres ne lui disaient maintenant qu'une seule chose : qu'elle était femme, et désirable !

Cela mit le feu à ses sens : les baisers de l'homme devenaient une flamme qui embrasait sa peau ; elle frémissait de partout où il passait ; elle sentait ses membres se raidir, ses muscles trembler sous ses lèvres, la pointe de ses seins se tendre vers lui, appeler son visage, et enfin brûler dans la chaleur de sa bouche.

De caresse en caresse, elle sentait son corps lui échapper, les muscles du dedans se réveiller, la fièvre envahir ses organes. Elle se voyait prendre un envol majestueux au-dessus des territoires inconnus et magiques de sa propre personne, un vol enivrant dont elle se trouvait l'unique et merveilleuse passagère.

Il glissait depuis sa poitrine, et elle sentait son vendre se raidir et le brasier s'y allumer quand il y posait son visage. Comme si de glace qu'il y avait en elle, elle devait immédiatement passer au feu. Alors ses mains, agrippées aux cheveux de l'homme, accompagnaient sa tête sur son ventre, et elle le voyait, là, qui allumait un incendie.

Il fallait qu'elle levât la jambe, il la fallait bien haute, jusqu'à poser le pied sur la cloison de la douche ; et lui l'y aidait qui, d'une main ferme, lui soutenait sa cuisse, autant qu'elle l'attirait fermement à elle.

Elle haletait dans l'attente qu'il lui dise ce qu'elle avait là de si brûlant, dans l'attente qu'elle l'éprouve, et qu'elle s'y enflamme. Alors espace après espace, ses mains appuyées sur sa tête, elle sentait ses baisers et ses lèvres suivre l'eau qui ruisselait depuis ses seins, qui passait sur son ventre et descendre encore, jusqu'à lui remplir la bouche, cette bouche qui la désirait tellement.

Quand enfin, ses lèvres et sa langue mirent le feu à ses sens, telle une flamme embrase les terres arides trop longtemps promises à l'eau ; quand elle constata aussi combien ses mains à elle le suppliaient par la force d'y rester, d'en prendre possession jusqu'à la crue de son propre fleuve, elle comprit dans ses larmes ce dont elle n'avait qu'une vague idée, ce dont elle n'arrivait pas à se résoudre jusqu'à cet instant : c'est que son chemin, tant désiré vers la Femme, passerait par son corps, son corps de femme, et pour ça, elle avait besoin de cet homme...

Besoin de son Hans.

Chapitre VII

Bloody Mary

L E CARRÉ DES OFFICIERS n'était habité que par les ronflements gras et sonores de Satan —ainsi que par son imposante présence—, affalé sur une chaise, le ventre rond et encore couvert de ce qu'il n'avait pas pu ingurgiter de nourriture et d'alcool. Il parachevait ainsi dans la sieste, un de ces bons moments *touristiques* dans le monde des vivants.

Ses propres ronflements ayant blindé son sommeil, il ne broncha pas quand le sous-marin commença à trembler. La narcose résista même encore longtemps quand tout, autour de lui, fut pris d'intenses secousses, les chaises s'agitant et tombant avec toute la vaisselle.

Il fallut qu'il en arrivât à être lourdement renversé à terre, pour qu'il se réveillât enfin.

Embrumé qu'il était, il se redressa en grognant, ajusta machinalement son col et débarrassa son plastron des quelques miettes qui y étaient encore accrochées. Puis il sortit dans les coursives en se cognant aux cloisons qui vacillaient encore —à moins que ce ne fût lui—, tout en rouspétant sur leur étroitesse, la bassesse de leur plafond, et surtout... en maudissant l'impéritie de ce commandant de sous-marin qui était, avant l'heure de Moscou, en train de procéder au lancement de ce satané missile !

Il fumait :

— Ah ! le fou, l'inconscient, il va mettre le feu à sa planète !

Rouge de colère, il se recouvrit de sa cape la plus noire, de son haut-de-forme le plus lustré et de ses gants les plus blancs.

— Et les jeunes, hein ? fulminait-il en s'habillant, qu'est-ce qu'ils fichent les jeunes ? Je parie qu'ils se sont carapatés... Ils savent bien que tout va péter dans quelques secondes, eux... Pfff, on ne peut même plus compter sur la jeunesse !

Après être remonté d'un étage, il ouvrit sans difficulté la porte étanche du kiosque, pour se retrouver sur le pont arrière du sous-marin, noyé dans le nuage de la fumée du lancement. Au-dessus de lui, un missile, déjà haut dans le ciel, s'élevait dans une lumière rougeoyante et un rugissement à en faire trembler toute la banquise.

Il baissa les yeux et soupira profondément.

Mais alors qu'il portait son regard au loin, au milieu des glaces, il aperçut Hans et sa Bête qui se tenaient l'un contre l'autre en compagnie d'une dizaine d'autres marins ; tout un petit groupe qui assistait, euphorique, au décollage du missile.

* * *

— Il est parti et ça n'a pas explosé, disait avec satisfaction Hans en regardant le missile s'élever toujours plus haut dans le ciel immaculé.

Avec la bête bien serrée contre lui, emmitouflée dans la fourrure d'une veste bien chaude, Hans se retourna vers le sergent Sacha Ivanov et ses compagnons, et leur tendit la main :

— Merci à vous les gars ! Sans vous pour finir le travail, c'était la troisième guerre mondiale !

— Merci à votre amie, répondait Sacha, qui avait pour la Bête un regard plein de questions où se mélangeait l'admiration, la curiosité, mais aussi tellement de trouble.

Cette dernière restait toute collée contre son Hans à qui elle demanda doucement sans lever les yeux :

— Il va falloir que j'y retourne pour remplir de nouveau le réservoir de son acide, dis ?

— Ah non alors ! et puis je crois que nos amis n'ont rien pu faire d'autre que de balancer l'acide par-dessus bord alors...

Et à son tour, il inclina sa tête vers elle qui soupirait profondément.

* * *

Sur le pont, le Diable regardait sa montre à gousset en haussant les sourcils, puis leva son regard vers le haut

99

du kiosque, vers les écoutilles des deux autres missiles, toujours fermées, et dont ne s'échappait aucune fumée suspecte. « *Quelque chose m'échappe, ça n'a pas sauté !* » se disait-il à lui-même.

Et puis en portant son regard au loin sur la glace, vers Hans et sa Bête, il rajouta, sombre : « *Et je crains d'en deviner la cause !* »

Derrière lui, le commandant faisait son apparition sur le pont. En voyant le Colonel Carusov, il dit d'une voix monocorde :

— Camarade colonel, je pense qu'avec ce tir, vous pourrez rendre compte à Moscou du succès de cette mission.

Satan regarda de nouveau le ciel d'un bleu profond, où le missile avait obliqué sa trajectoire pour voler fièrement vers l'horizon :

— Dites-moi commandant Dobrynine, vous avez devancé le lancement, n'est-ce pas ?

— À quoi bon attendre quand tout est prêt ?

— Alors effectivement, je ne peux que vous féliciter, répondit encore Satan.

« *Mmh mmh…* » se contenta de faire le commandant, comme si ses pensées personnelles ne semblaient pas à la hauteur d'un triomphe pourtant bien mérité.

Appuyés sur le garde-corps, les deux regardaient maintenant le missile briller en s'éloignant dans la haute atmosphère. Dans leur dos, sortit également l'ingénieur Sadykov qui, les bras ouverts vert le ciel, se mit aussitôt à clamer comme pour un sermon :

— Ah camarades, admirez !... admirez ce qui est la gloire de l'Union Soviétique, admirez la manifestation de la toute-puissance de l'intelligence humaine.

Mais le commandant, baissant la tête, murmura à voix basse :

— Mouais...

— Commandant, vous n'avez pas l'air convaincu de tout cela, demanda le Diable avec un rien de curiosité.

Le commandant Dobrynine hésita d'abord, et finit par expliquer :

— Allumer la mèche n'a jamais demandé beaucoup d'intelligence, c'est de ne pas le faire qui en demande.

— Sages paroles, fit en retour le Diable.

Mais l'ingénieur Sadykov partit d'un rire jubilatoire :

— Mais enfin camarades, quelles têtes vous faites ! Vous êtes donc à ce point insensibles à une telle manifestation du progrès ?

— Méfiez-vous du progrès camarade, répondit le Diable, *ici-haut* le seul et vrai progrès opère par l'erreur.

Sadykov ouvrait encore plus grand ses bras :

— Eh bien ! en l'occurrence, quelle réussite, non mais regardez-moi ça, quelle réussite !

Curieux de ce qu'il venait d'entendre, le commandant s'était approché tout près de Satan :

— Que voulez-vous dire par « *Le seul vrai progrès opère par l'erreur* » ?

— Ce que je veux dire, c'est que sur terre, la Vie n'apprend que par ses malheureuses tentatives, par ses erreurs, et l'échec est son moteur principal. Votre petite expérience d'aujourd'hui, et les mille autres qui vont suivre pour la mise au point de vos armes atomiques ne feront que repousser l'échec à tellement plus tard... Et quand cet échec viendra —parce que tôt ou tard, il viendra—, il n'aura pas le bruit d'un pétard mouillé, mais fera un "boum" retentissant. À ce moment-là, seulement, l'humanité apprendra... du moins, ce qu'il en restera.

* * *

Sur la banquise, à bonne distance du sous-marin, revenaient doucement Hans et la Bête qui marchaient côte à côte d'un même pas paresseux. L'équipage qui, dans un premier temps, s'était éloigné pour assister au lancement du missile, remontait tranquillement à bord tout en se congratulant mutuellement du succès de la mission.

Certains passaient en courant autour du couple en leur tapant sur l'épaule. Mais elle et lui, avaient l'un pour l'autre la plus triste des conversations :

— Je ne veux pas y retourner, et pourtant je ne peux pas rester avec toi, disait la Bête.

— Vraiment vous ne pouvez pas ?

— Je n'ai pas en moi, cette âme qui tient votre vie debout, moi je vais dépérir ici, regarde ma peau...

Elle retira son gant et remonta sa manche pour dévoiler un avant-bras rougi, et où sa peau pelait déjà en larges croûtes. Le visage de Hans se troubla :

— Mais ça n'est pas, tout simplement, l'effet de l'acide ? essaya-t-il en examinant la main de sa Bête.

102

— Non, répondit-elle en baissant les yeux, l'acide n'a fait qu'accélérer les choses : je me meurs ici... je dois redescendre. Et puis... je suis obligée de le suivre.

Et tout en levant le menton vers son maître qu'on pouvait voir plus loin près du commandant, la Bête porta sa main sur le collier de pierres noires qui lui serrait le cou. Alors Hans se prit le visage entre les mains, regardait partout autour de lui, à droite, à gauche, comme il avait l'habitude de le faire quand il cherchait une idée :

— Mais n'y aurait-il pas un moyen ?... il doit bien y avoir un moyen !

— Non mon Hans... non, c'est ainsi, répondit-elle en venant lui caresser la joue, j'espère seulement que tu penseras à moi, de temps en temps... j'en aurai besoin.

— Mon Dieu, mais vous devez savoir que je pense à vous tellement souvent !

Elle enroula alors son bras autour de son cou, pour lui murmurer :

— Je pense à toi tout le temps, chaque seconde, chaque siècle qui s'écoule en bas quand il ne s'écoule ici qu'un jour. Toujours, je pense à toi, et c'est ça qui va devenir mon enfer à moi !

— Alors appelez-moi, répondit-il en la serrant contre lui, faites-moi un signe et si vous avez besoin de moi, faites-le moi savoir...

Il lui parlait... elle cherchait ses lèvres, sa tendresse... mais lui, continuait encore :

— Et dites-vous bien que je trouverai un moyen, je... je vous le jure, je trouverai un moyen !

— Ben en attendant, si tu ne trouves pas le moyen de m'embrasser tout de suite, je hurle !

Et en fermant les yeux, elle abandonna ses lèvres au baiser de Hans. Un baiser d'une infinie tendresse que chacun recevait comme si le monde se refermait instantanément autour d'eux, comme si, tout d'un coup, ils devaient être les seuls sur cette banquise immense, et que le monde s'arrêtait à cet espace infime entre eux, là où leurs lèvres se rencontraient.

Mais pour elle, entre le bonheur et les larmes, ce baiser était aussi un billet sans retour.

Un baiser qui, pourtant, dura…

Jusqu'à ce que le sous-marin fasse retentir sa puissante sirène !

* * *

Les coups de sifflets résonnaient, les ordres étaient scandés de partout et les matelots s'agitaient au plus près du bateau.

Dans le même temps, quelques-uns appelèrent Hans depuis le pont « *Camarade, on embarque !* »

Hans s'essuya discrètement une larme, et simulant un rire crispé :

— Ils me laisseront en chemin, et je ferai du bateau-stop jusqu'à rentrer chez moi !

Elle répondit avec le même humour :

— Alors d'accord, tant qu'il n'y a pas de fille à bord hein !

Il rit encore un peu, et elle le poussa : « *Vas-y, ils t'attendent… *»

Il ne fit que quelques pas, et se retourna vers elle… qui semblait soudainement avoir froid : elle grelottait et elle le regardait avec les petits yeux d'un animal abandonné. Mais comme il retenait ses pas, et qu'il semblait même vouloir faire demi-tour, elle lui dit encore :

— Ça ira, va… !

Il hésita une nouvelle fois puis, la sirène reprenant, il s'éloigna d'un pas rapide.

Au bas de l'étroite passerelle, il laissa le passage au Diable qui en descendait.

— Alors, l'homme, me diras-tu enfin comment tu as réussi à contrecarrer le destin ?

Hans répondit rapidement :

— Le destin ?… ou vos plans ?

— Quelle différence ?

Comme Satan semblait attendre une réponse, Hans s'arrêta au milieu de la passerelle :

— Pour vous, il n'y avait que deux alternatives : soit le missile partait et son lancement provoquait l'apocalypse, soit préventivement, vous tuez tout le monde et coulez le bâtiment pour sauvegarder l'humanité.

— Quoi d'autre était possible ?

— Eh bien, le missile part et tout se passe bien !

Satan pouffa un petit rire.

— J'ai bien vu ! Ma question est : comment as-tu fait ?

— Oh moi ? rien, ce sont ces braves gars qui ont fait le travail.

Et comme il reprenait sa marche vers les matelots qui lui tendaient la main pour sortir de la passerelle, Satan resta de longues secondes à le regarder, essayant de capter dans son regard un quelconque signe qui aurait trahi son secret...

En vain.

Alors il s'éloigna dans la neige, et rejoignit la Bête qui attendait, immobile, à bonne distance.

— Pas possible... ça n'était tout simplement pas possible, maronnait-il encore en levant bien haute sa canne vers les dernières traces laissées dans l'air sec de l'Arctique.

* * *

Plusieurs minutes plus tard, dans un énorme craquement des glaces, le K-33 entama sa plongée sous la banquise.

La glace, dure comme l'acier frotta péniblement contre la tôle du sous-marin, comme si elle voulait le retenir dans ses griffes. Mais sans ralentir son inexorable descente, le kiosque finit par disparaître et les glaces se refermèrent rapidement sur l'eau laissée un instant libre.

Enfin, se fit un complet silence : le maître absolu des pôles qui reprenait sa place.

— Ton Hans est assez doué, félicita tout d'un coup le Diable en s'adressant à sa Bête, impossible de savoir comment il a opéré !

Il s'était tenu à distance du K-33, et perdu dans ses pensées, avait suivi jusqu'au bout la plongée du sous-marin. Dans son dos, la Bête était restée impassible.

— Ah, vraiment ? fit-elle innocemment, le regard dans le vide.

Alors Satan regarda vers le ciel, comme pour humer le temps qu'il allait faire, puis rajouta avec un sourire malicieux :

— Bon, on leur a fait croire qu'un avion viendrait nous récupérer, mais je crois qu'il faudra qu'on y aille à pied, comme deux simples romipètes ah ah ah !

De nouveau, la Bête se contenta de faire un « *oui* » de la tête.

— Donc c'est... par là, par là, ou par là, comme tu veux, dit-il enfin en pointant sa canne tout autour de lui.

— Je... je vous laisse choisir !

Son humour n'ayant point de succès, Satan retira son haut-de-forme et se rapprocha d'elle :

— Allez ma petite, ne fais pas cette tête ! Tu le reverras ton homme... Et en attendant, tu as des pensionnaires dont il faut t'occuper.

Elle ferma les yeux en faisant « *oui* » une nouvelle fois... Alors le Diable partit d'un bon pas : « *Très bien, alors allons-y !* » ... mais en prenant quand même soin de contourner les séracs laissés par l'absence du sous-marin :

— Évitons quand même de passer par ici : j'ai trop horreur de l'eau !

Par habitude, et par une servilité contre laquelle elle ne se sentait point de cœur à lutter, la Bête emboîta le pas de son maître ; celui-ci entonnait déjà son dernier succès en russe, sans doute en prévision d'un chemin qui s'annonçait long :

О скалы грозные дробятся с ревом волны,
И с белой пеной крутясь бегут назад,

...

Mais suspectant une étrangeté, il tourna son regard vers l'amoncellement de glaces :

— Tiens, du sang...

Il s'arrêta : « *C'est étrange, on n'a pourtant tué personne !* »

Et se retournant vers la Bête, il lui demanda de nouveau en plaisantant :

— Toi, tu n'as bouffé personne à bord, hein dis ?

— Oh non ! fit-elle, comme si elle devait se trouver automatiquement coupable de quelque écart de conduite !

Et sortant à peine de ses pensées, à son tour, elle s'approcha des traces ocre. À ses pieds, le Diable s'était accroupi pour observer la glace suspecte qui miroitait doucement d'une multitude de reflets passant de l'orange au rouge-sang ; et tout en continuant de plaisanter à sa manière :

— Étrange, on dirait des glaçons pour un *Bloody Mary* non ? Tu es sûre que...

Mais alors qu'il allongeait la main pour examiner la glace, la Bête s'exclama :

— Maître, attention ! Je me demande si ça n'est pas de l'acide !

— De l'acide... quel acide ? demanda-t-il en se retirant brusquement.

— L'acide nitrique rouge du réservoir du...

Mais elle cessa brutalement, en plaquant sa main sur sa bouche.

* * *

Devant elle, Satan fronçait les sourcils, et se penchait encore plus près des traces gelées, pour les examiner en les cassant avec sa canne :

— De l'acide nitrique ?...

Mais dans son dos, la Bête opérait une lente et très silencieuse marche arrière...

Pas-à-pas...

Reculant mètre après mètre...

Et s'éloignant le plus possible de son maître qui s'était lancé dans un monologue de détective :

— L'acide nitrique rouge... c'est le comburant des moteurs des missiles ça !... Qu'est-ce que ça fiche ici ?

Derrière lui, la Bête avait tourné le dos, et se mettait à courir... d'abord lentement...

Et Satan continuait pour lui-même :

— C'est cet acide qui devait fuir avec les vibrations, et se répandre au cœur du missile pour provoquer l'incendie... Qu'est-ce qu'il fait là ? Il était impossible à un humain d'aller vidanger ce réservoir... Même ce p'tit malin de Hans n'aurait pas pu le faire alors qui ?... Tu n'aurais pas une idée toi ?

Toujours accroupi, il se retourna pour demander son avis à la Bête... qui n'était plus là !

Il se redressa d'un coup, la chercha à l'horizon, et la retrouva enfin, qui courait au loin entre les séracs, avec l'agilité d'une gazelle qui faisait des bonds immenses par-dessus des blocs de glace.

Toutes jambes à son cou, elle fuyait sur la neige...

— Oh mais, la garce !

Alors Satan gonfla ses narines pour hurler d'une voix puissante :

— La Bête, reviens !... Ahhh mais, toi et ton homme, j'ai bien compris votre petit manège et...

Il se saisit de son chapeau, et rouge de rage, il le jeta à terre ! « *Rhaaaaa !* »

Et il appela encore à en fissurer les icebergs :

— La Bête... Ici !... Au pied !... La Bêêête...

www.ingramcontent.com/pod-product-compliance
Lightning Source LLC
LaVergne TN
LVHW091724190726
843493LV00001B/437